좋은 걸 보면
네 생각이 나

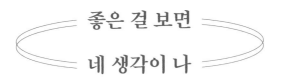

좋은 걸 보면
네 생각이 나

먼 곳에서 선명해지는 시간의 흔적들

글 청민
사진 Peter

상상출판

"나는 알지롱. 들리지 않아도 바람이 여기 있다는 거."

산책을 하는데 앞서 걷던 엄마가 말했다. 귀엽게 혀도 빼꼼 내밀고는, 특유의 장난기 가득한 얼굴로 나를 보며 웃었다. 한 번 더 크게 불어오는 바람을 맞으며 엄마는 다시 말했다.

"나는 알지롱. 보이지 않아도 네가 나를 사랑한다는 거."

개구진 엄마의 말투에 "유치해!"라며 피식 웃으면서도, 그런 엄마의 말이 좋았다. 들리지도 보이지도 않는 바람처럼 스쳐 지 나가는 말이었는데, 세상 누구도 흔들 수 없을 것 같은 단단함이 느껴졌다고 할까.

나는 어렸을 때부터 자주 떠났다가 돌아오는 삶을 살았다. 동 네에 정이 붙기 시작할 때쯤 꼭 전학을 갔다. 친구들에게 잘 지 내라며 인사를 하고, 교실을 완전히 나올 때면 한 동네서 나고 자란 그 애들이 얼마나 부러웠는지 모른다. 그들은 나와는 다르게 꼭 동네에 단단하게 심어진 존재 같았다.

하지만 긴 시간이 흐르고 알았다. 나는 한 동네에 심어지진 못했지만, 가족의 사랑에 단단하게 심어진 사람이라는 걸. 아빠가 운전하는 자동차를 타고 네 가족이 꼭 붙어 캠핑 여행을 다니면서, 아름다운 건 꼭 같이 보자고 서로의 손을 끌고 풍경 앞으로 나아가면서 깨달았다.

마음에 새겨진 사랑의 흔적은 생각보다 힘이 셌다. 언젠가 밝기만 했던 내게 알 수 없는 그늘이 생겼을 때, 그럼에도 불구하고 한 걸음 앞으로 나아갈 수 있었던 건, 사랑하고 사랑받았던 기억 때문이었다.

엄마의 말처럼 들리지도, 보이지도, 만져지지도 않는 것들이 살다가 마주치는 언덕을 쉽게 넘을 수 있는 힘이 되었다. 그 사랑을 연료 삼아 나는 아주 멀리 떠났다가 돌아올 수 있는 사람이 되었다. 그렇게 쌓인 우리의 여행을, 사랑을, 서로를 이곳에 쓴다.

2022년 2월
청민

Contents

PART 2　비행 : 우리 이야기는 여기 남아

PART 3   착륙 : 때로 창은 액자가 되어

스코틀랜드의 날씨는 언제나 조금 어둡다.

몽환적인 안개, 치열하게 부는 바람.

어쩌면 우리 이야기에는 약간의 어두움이

우리를 더 풍부하게 만드는 걸지도 모르겠다.

때로는 너무 밝지 않아야 빛깔의 깊이를 알 수 있듯이.

PART 1

이
룩

당신을 통해 나를 보는 일

영화관

_____ _Moskva, Russia_

영화관의 분위기를 좋아한다. 푹신하고 커다란 영화관 의자에 푹 기대어 앉으면, 마치 따듯한 이불 속에 들어와 있는 것처럼 평온하다. 영화를 보기 전 조금은 지치고 조금은 슬픈 마음이었다면, 그건 불 꺼진 영화관 모퉁이 같은 데 잠시만 맡겨둔다. 사랑하는 이에게 내 속을 거리낌 없이 툭 털어놓듯, 영화를 보고 나면 남아 있던 우울한 감정 하나가 자연스레 빠져 나간 기분이 들었다.

아빠는 언제나 바빴다. 명절마다 출장을 갔다. 가족이 다 모이는 명절, 아빠가 없는 덕에 우리는 서울서 대구까지 가는 고생을 하지 않아도 됐다. 그 대신에 할 수 있는 일들이 많았다. 명절이 되면 엄마 마음에 여유가 생겨서였을까. 엄마는 동생과 내가 평소에 하지 못했던 것을 마음껏 하도록 허락했다. 만화방에 같이 가서 보고 싶었던 만화책을 시리즈로 매일 빌려주고, 스타크래프트를 한 시간 더 해도 모른 척해줬다.

그중에서도 내가 가장 좋아했던 일탈은 조조 영화를 보는 일이었다. 대충 운동복을 챙겨 입고, 조조 영화 시작 15분 전 집을 나와선 영화관을 향해 전속력으로 뛰어갔다. 나보다 달리기가 빠른 동생이 엄마 지갑을 들고 뛰어가 티켓을 먼저 끊어두면, 그다음엔 나와 엄마가 차례대로 숨을 몰아쉬며 영화관에 도착했다.

학교를 가지 않는다는 즐거움과 이른 아침 영화를 본다는 설렘, 달리기를 하면서 한껏 시끄러워진 심장 소리 그리고 영화관이란 공간이 주는 특별한 분위기는 어린 나를 들뜨게 했다. 영화관, 이곳만 오면 나는 행복하고 신이 났다.

그래서인지 살면서 행복이 필요한 순간마다 홀로 영화관을 찾곤 했다. 유년 시절의 즐거운 기억 덕분일까. 캄캄한 극장에 앉아 있는 것만으로도 폭풍처럼 출렁였던 감정들이 어느새 잠잠해졌다. 까만 어둠 속에서 홀로 반짝이는 화면을 보고 있으면, 나는 잠시 내 삶의 주인공이란 자리에서 벗어나 영화 속 주인공들의 삶을 구경하는 관객이 되었다. 관객은 영화를 보면서 어떤 부담도 지지 않아도 되니까. 영화를 보다가 갑자기 웃거나 울어도 아무도 내게 감정의 이유를 묻지 않아 좋았다. 그러니까 내게 영화관은 있는 그대로의 '나'가 가능해지는 안전한 공간이었다. 어쩌면 아주 오래된 행복이 있던 공간이라 더 특별한 것일 수도.

러시아 교환학생으로 있을 때, 딱 한 번 영화관에 간 적이 있다. 매일같이 사람들과 붙어 있어도 혼자인 것 같던 시절. 타국 생활은 생각보다 만만한 게 아니었다. 하루하루 쌓여가는 외로움에 도망치듯 큰맘 먹고 홀로 찾았던 곳이다.

한국이라면 영화관 티켓 끊는 일 하나쯤은 너무나 익숙한 일이었겠지만, 그렇지 않던 러시아에선 모든 게 용기였다. 살면서 그렇게 큰 영화관은 처음이었는데, 그 큰 곳에 아이러니하게도 관객은 달랑 나 하나였다. 영화는 세계적으로 유명한 〈어벤져스〉였는데 그마저도 러시아어로 더빙되어 나오는 바람에 내가 알아들은 대사라곤 딱 한 줄뿐이었다.

그런데 나는 그날의 영화를 잊을 수 없다. 온갖 히어로들이 세상을 구하고 자기들끼리 우스운 표정을 짓는데, 나는 자꾸만 뜨거운 눈물이 났다. 러시아에 있던 모든 순간을 통틀어 내가 온전히 나일 수 있었던 유일한 순간으로 기억한다.

내게 영화관은 그런 곳이다. 고작 영화 한 편 본다고 엄청난 로맨스나 초능력이 생기진 않지만, 뭉쳐 있던 마음이 툭툭 털어지는 그런 곳. 어떤 마음으로 영화관을 찾는지는 중요하지 않다. 영화가 끝난 뒤엔 온전한 행복만이 남으니까.

예전만큼은 아니지만, 여전히 자주 영화관을 찾는다. 이른 퇴근을 하고 시간이 나면 무슨 영화를 보러 갈까 가장 먼저 생각한다. 불이 다 꺼진 영화관, 몸을 감싸는 푹신하고 큰 의자, 달콤하고 바삭한 팝콘. 잠시나마 영화를 핑계로 나의 삶을 멈춰보는 시간.

물론 영화가 끝나는 순간부터 내 삶은 다시 이어지겠지만 잠시 이렇게 어딘가에 기대어 마음을 쉬어본다. 이 영화가 끝나고 나면 나는 아주 조금 행복해질 거야라는 마음으로. 그리고 그거면 된다는 만족으로.

그때가 시작이었지,
내가 마법사가 된 순간은

_____ *England, United Kingdom*

초등학교 2학년 때였나. 오랜만에 만난 둘째 고모가 요즘 초등학생들 사이에서 유행하는 걸 사주겠다며 나랑 동생 찬을 이끌고 이마트에 갔다. 뭘 사준다기에 좋아서 가긴 갔는데 알고 보니 책이었다.

'그럼 그렇지, 어른들은 다 똑같지.'

기껏 따라가 놓고선 애꿎은 아무 책 표지만 펼쳐보며 지루해하고 있었다. 그때 고모가 해리포터 시리즈 여섯 권을 우리 손에 쥐어줬다. 해리포터? 그게 뭐야? 당시 초등학생이었던 나는 정작 그제야 해리포터라는 이름을 처음 들었다. 싱겁긴 했으나 그때가 시작이었다. 내가 마법사의 꿈을 키운 건.

그날 이후 나는 해리포터에 제대로 빠졌다. 엄마가 그만 자라고 불을 꺼도 이불 속에서 손전등을 켜고 몰래 읽을 정도로 좋아했다. 작은 손으로 쪼물딱쪼물딱 페이지를 하도 넘겨대서 책의 귀퉁이가 닳아버렸을 만큼.

책의 문장을 따라 읽다 보면 마치 내가 마법에 걸린 느낌이었다. 학교로 가는 평범한 골목 구석을 돌면 주인공인 해리와 론과 헤르미온느가 나올 것만 같았고, 매일 벌어지는 크고 작은 불의 앞에서 용기 있는 그리핀도르의 마음으로 있어야 할 것만 같았다. 어디까지나 상상 속 이야기였지만, 그런 순간들 덕분에 하늘을 나는 기분으로 하루하루를 보냈다.

이런 나를 위해 엄마는 해리포터가 개봉하는 날 아침이면 가장 먼저 영화관에 달려가 조조 영화 티켓을 사 주었다. 극장에 불이 꺼지고 마법 세계의 어두운 이야기가 시작되면, 낯설고 까만 분위기에 동생 찬과 엄마 손을 꼭 쥐며 두려워하다가도 금세 빠져들었다. 생각해 보면 그때 나는 소설에 깜빡 속아버릴 만큼 어리지는 않았는데, 왜인지 호그와트만은 어딘가에 존재할 것만 같았다. 물론 창피해서 아무에게도 말하지는 못했지만, 그래도 언젠가 때가 되면 나도 호그와트에 닿을 수 있겠다는 믿음이 있었다.

꽤 오랜 시간 해리를 품고 산 초등학생의 마음은 어른이 되어서도 크게 달라지진 않았다. 여전히 해리포터는 내 또래들에게

사랑받는 존재였고, 우리가 대학생이 될 때까지도 영화관엔 매년 해리포터 포스터가 대문짝만하게 걸려 있었으니까.

그런 내게 언젠가 영국 여행의 기회가 찾아왔다. 런던을 시작으로 스코틀랜드의 스카이섬까지, 약 한 달 동안의 여정이었다. '영국, 스코틀랜드…?' 하다가 단박에 떠올랐다. 영국은 해리포터를 대표하는 나라, 스코틀랜드는 해리포터가 시작된 곳이라는 사실을. 책에서만 해리를 만나던 초등학생이 어른이 되어 해리포터의 나라에 가게 되었을 때, 처음 사랑한 친구들인 해리와 헤르미온느 그리고 론에게 닿을 수 있다는 사실에 얼마나 가슴 뛰었는지 모른다. 사람 마음이란 게 나이 먹는 법이 달라서, 몸은 자라도 순수하게 좋아했던 마음은 그 시절의 나이로 남아 있는 법이니까.

여행하면서 알게 됐다. 좋아하는 걸 계속 좋아할 수 있으려면 돈이 든다는 사실을. 입장료를 지불하고 여행 경비를 내고, 시간과 돈을 쓰면서 말이다.

지금껏 나의 취향을 지켜준 얼굴들이 스쳐 갔다. 어릴 적 고모가 우리에게 사줬던 해리포터 책값, 거기에 함께 읽으면 좋을 거라며 넣어준 초등학생 필독서들. 그리고 같이 먹으라고 사준 간식들까지. 그때는 어려서 볼 수 없었던 것들이 비로소 보였다.

돌아보면 전부 지켜진 마음이었던 거다. 당시 고모가 어린 조카들에게 준 책은 그냥 베스트셀러가 아니라 '세상에는 마법사가 존재하는 이런 세계도 있어'라고 말하며 우리가 좋아할 수 있는 것들을 찾게끔 해준 선택권이었다. 그러니까 그건 책이 아니라 꿈을 꿀 수 있는 내일이었다.

　　해리포터가 개봉하는 날 아침마다 영화관에 데리고 간 엄마는 어떻고. 그때 내 손에 쥐어졌던 건 4,000원짜리 영화 티켓이 아니라 엄마의 사랑이었을 거고, 이후 알음알음 출간됐던 해리포터를 한 권씩 사주며 건네던 마음도 응원이었을 테다. '더 큰 꿈을 꾸렴, 더 멀리 날아가렴. 너는 마법사도 될 수 있단다. 하늘을 날 수도 있고, 순간 이동도 할 수 있고, 세상 누구보다 빠르게 달릴 수 있단다' 하는 응원.

　　영화가 끝나고 로비에서 마주쳤던 초등학생들도 이제는 알까? 우리는 누군가로 인해 지켜진 사람들이라는 거. 우리를 사랑한 어른들이 더 많은 세상을 보여주고 싶어서, 좋아하는 걸 계속 할 수 있게 해주고 싶어서 지켜준 마음이 있다는 거. 그들의 돈과 시간, 사랑으로 지켜졌다는 걸 이제 어른이 된 그 시절 초딩들은 아마 알지 않을까.

　　가끔 삶이 어려울 때면 속으로 주문을 외워보곤 한다.

　　"알로 호모라!"

그러면 언제라도 나의 손가락 끝에 빛 하나가 날아와 세상을 밝히는 기분이 든다. 무수한 위험 속에서도 해리를 지킨 사람들의 사랑처럼 나도 누군가의 사랑으로 지켜졌다는 안전한 마음이 들기도 하고. 그리고 또 모른다. 주문을 외우다 보면 정말 마법같이 꿈꿀 수 있는 내일이 나타날지도.

01

해리포터를 따라 여행한 영국

에든버러 | **해리포터가 시작된 곳 '더 엘리펀트 하우스'**

조앤 롤링 작가가 해리포터를 처음 구상했다는 곳. 무채색 골목 사이 눈에 띄게 붉은 외관 덕에 금방 찾을 수 있다. 해리포터가 태어날 당시, 그녀는 생활고에 시달렸다고 한다. 처음엔 아무도 출판하려 하지 않았던 판타지 소설 해리포터가 이렇게 전 세계적인 사랑을 받을지 정말 아무도 몰랐을 테다.

에든버러 | **해리포터 시리즈가 마침표를 찍은 '발모랄 호텔'**

2007년 겨울. 조앤 롤링 작가가 해리포터 대장정의 마지막을 함께한 곳. 길고 길었던 책의 마지막 문장을 맺은 기념으로 자신이 묵은 호텔 방 대리석 석상 아래에 사인을 했다고 한다. 정말 사랑했던 작품의 한 시절을 떠나보내고, 그녀는 호텔 창에서 어떤 풍경을 보았을지, 어떤 생각을 했을지 궁금하다.

요크 | **다이애건 앨리의 모티브가 된 '쉠블스 골목'**

14-15세기 건물이 그대로 남아 있는 이름도 신비한 쉠블스(Shambles) 골목. 다이애건 앨리는 없는 게 없는 마법 세계의 골목으로 이곳을 모티브했다. 〈해리포터와 마법사의 돌〉에선 해리가 자신이 마법사라는 사실을 깨닫고 호그와트 입학을 준비하며 온 첫 마법 세계이기도 하다. 좁은 골목에 가득한 사람들, 여기저기서 발견되는 해리포터 마법 상점들. 걸으면 걸을수록 여기가 현실인지 영화 속인지 살짝 헷갈리기도 한

다. 태어나 처음 본 마법 세계에 대한 신비로움과 호기심. 이 두 가지가 공존했던 해리의 눈동자처럼 골목 구석구석을 구경하는 사람들도 같은 눈을 가지고 있다. 꼭 마치 우리가 이 세계에 들어온 것처럼.

옥스퍼드 | 호그와트 대연회장 '크라이스트 처치 그레이트 홀'

처음 호그와트 대연회장에 들어간 헤르미온느는 말한다. "위의 천장은 진짜가 아닌 마법으로 만든 천장이야!" 실제 크라이스트 처치는 영화 속 대연회장보다는 작았지만, 벽에 빼곡히 걸려 있는 그림을 보고는 들어서는 순간 그 분위기에 압도됐다. 넋이 반쯤 나가 정신없이 구경하다가 우연히 만난 한국분께 사진 몇 장을 부탁했다. 고마움에 나도 그의 사진을 찍어주려고 보니 그는 손에 작은 인형을 들고 있었다. 여자친구 대신 함께 여행하는 짝꿍이라며, 배시시 웃는 그의 미소를 보며 좋아하는 걸 나누고 싶은 마음이란 얼마나 예쁜 것인지 생각했다.

이스트 본 | 순간 이동이 가능해지는 '세븐 시스터즈'

세상에 이런 곳도 있다. 하늘을 가득 채운 구름 사이로 삐져나온 빛에 일곱 개의 하얀 절벽이 이어져 있는 세븐 시스터즈가 반짝반짝 빛났다. 아름다운데 현실은 아닌 것 같은 풍경을 보고 있자니 조금 어지럽기도 하고 몸이 붕 뜬 느낌이 들기도 했다. 이곳은 〈해리포터와 불의 잔〉 편에서 해리와 론의 가족들이 퀴디치 월드컵에 가기 위해 모인 언덕이다. 여기 어딘가에 있는 장화 모양의 포트키(순간 이동을 돕는 장치. 잡으면 특정 장소로 이동한다)를 부여잡고 월드컵 장소로 순간 이동을 하는데, 그 장면을 보면 나도 여기 어딘가에서 장화를 발견해 순간 이동할 것만 같은 기분이 든다.

런던 | **런던에서 만난 진짜 마법사의 세계 '하우스 오브 미나리마'**

런던 소호거리의 무채색 가게들 사이에서 독보적인 자주빛으로 홀로 눈에 띄는 가게. 해리포터 영화에 참여한 그래픽 디자이너들이 운영하는 스토어. 그만큼 영화에서 볼 수 있는 다양한 디자인 상품들이 많았다. 그중에서도 나는 프리벳가 4번지 두들리의 집을 가득 채우던 편지들에 온 마음을 빼앗겨버렸다. 호그와트 입학 통지서를 읽지 못하게 이모부가 빼앗아버리자, 이내 이모네 집을 가득 채우곤 해리의 인생을 송두리째 바꿔놓은 그 편지. 여러 가지를 구경하다가 나는 호그와트행 티켓을 사서 나왔다. 출발지는 런던 킹스 크로스 기차역 9와 3/4 정거장. 번쩍이는 황금색 호그와트행 티켓을 사 들고 나오면서 생각했다. 아무도 모르겠지만 나는 언제든 호그와트로 갈 수 있다고. 마음먹고 선택만 잘하면 먼 세계로도 떠날 수 있을 거라고.

내일을
준비하는 사람

_____ *Moskva, Russia*

눈이 오는 날엔 카페 마감 청소 시간이 길어진다. 손님들의 발바닥에 붙어 가게로 따라 들어오는 거리의 눈 때문이다. 까만 발자국이 가득한 이런 날엔, 뜨거운 물을 바닥에 조금씩 부어주며 대걸레로 꼼꼼하게 닦아야 한다. 꽁꽁 굳어버린 몇 발자국은 잘 떨어지지 않기 때문이다. 카페에 여기저기 진득하게 붙은 발자국을 닦으며, 오늘 하루 얼마나 많은 손님이 카페를 찾았는지 어림짐작해본다. 크기도 모양도 제각기인 까만 발자국들. 이들은 오늘 어떤 하루를 살았을까. 그러다 유난히 잘 지워지지 않는 발자국을 만나면, 어김없이 눈이 많이 오던 동네의 맥도널드가 떠오른다.

이십대의 한 페이지를 함께했던 러시아 모스크바. 그곳은 거

울이면 눈이 녹기도 전에 또 눈이 내리는 동네였다. 이불을 칭칭 감싸고 기숙사 창밖으로 펑펑 쏟아지는 함박눈을 보고 있으면 세상에서 가장 게으른 사람이 되었다. '이대로 시간이 멈춰버렸으면' 하는 마음과 '계속 누워만 있고 싶은데' 하는 마음들이 가득했다.

이토록 게으른 나를 일으킨 건 다름 아닌 학교 앞 맥도널드였다. 그곳에서 먹던 기름진 간식이 당시 내 유일한 즐거움이었는데, 나와 비슷한 사람이 많았던 건지 학교 앞 맥도널드엔 언제나 사람이 넘쳤다. 매장 문을 힘껏 당기면 고소한 기름 냄새가 한번에 쏟아져 나와선 거리의 겨울 냄새와 섞여 적당한 온기를 만들어냈다. 그 온기와 함께 눈인지 먼지인지 모를 만큼 금세 새까매져 가게 바닥으로 끌려 들어온 눈 자국들이 보였다.

그 사이로 소녀로 보이는 앳된 점원이 있었다. 점원은 대걸레를 가지고 다니며 수시로 사람들이 남긴 발자국을 닦았다. 내가 햄버거를 먹는 짧은 시간에도 몇 번이나 계단을 오르락내리락하며 쉴 틈 없이 움직였다. 닦으면 발자국이 생기고, 닦으면 또 발자국이 생겼지만, 점원은 까만 물을 잔뜩 먹은 대걸레를 짜고 돌아와 닦고 또 닦았다.

키가 큰 러시아 사람들 사이에서 유난히 작고 왜소하던 점원. 노랗고 빨간 맥도널드의 유니폼 때문이었는지 아니면 삐삐처럼

양 갈래로 곱게 땋은 머리 때문이었는지, 볼 때마다 경쾌한 분위기를 풍겼다. 그러면서 나와 마주칠 때마다 씩 웃으며 가볍게 인사를 건네곤 했다. 칼바람을 정신없이 맞고 들어와 긴장이 풀려서였는지 모르겠지만 그 점원을 마주칠 때면 온몸에 쩽하니 온기가 감돌았다.

눈이 산처럼 쌓이던 동네에서 누군가의 흔적을 지우던 점원은, 내가 그 동네를 떠나던 마지막 날까지 반복적이고 허무해 보이는 일을 성실하게 했다. 까만 바닥을 닦고, 녹은 눈의 잔해를 양동이에 담고 또 다시 바닥을 닦으면서.

낯선 나라에선 외로움과 고단함이 쉽게 쌓였고, 그럴 때마다 맥도널드에 갔다. 여유가 있는 어떤 날엔 빅맥 세트를, 돈이 없는 어떤 날엔 감자튀김 하나만 시켜 먹으면서 매일같이 까만 발자국을 찍어댔다. 그럼 어디선가 대걸레를 가지고 온 점원이 닦아주던 나의 발자국. 점원에게 내 발자국은 지워야 할 수많은 발자국 중 하나였을 테지만 그가 닦은 건 사실 발자국 모양을 한 나의 작은 외로움이었다는 걸, 지나고서 알게 되었다.

눈이 오면 오래전 그날이 떠오른다. 내가 지금 닦고 있는 발자국 중에서도 발자국 모양을 한 외로움이 있지는 않을까 하며. 뽀득뽀득 힘을 잔뜩 주는데도 유난히 떨어지지 않는 발자국을 닦으며 생각해본다.

손님들이 가득 차 있던 오늘의 카페엔 어느새 고요함만 남았다. 바닥을 닦은 대걸레를 깨끗하게 세척하고 놓아두는 것으로 내일을 위한 모든 준비가 끝났다. 그릇과 포크는 단정한 모습으로 정리되었고, 여기저기 남아 있는 사람들의 발자국도 깨끗하게 지워졌다. 나서기 전 단정하게 정리된 카페를 마지막으로 바라보면서 내일 새롭게 이곳을 채울 또 다른 사람들을 상상한다. 3층짜리 건물을 혼자 치우느라 몸은 고단한데 정돈된 카페의 모습에 기분이 좋다.

가게 문을 잠그고 하얀 눈을 흠뻑 맞으며 집으로 돌아오는 길. 모스크바 베덴하 맥도널드에서 만났던 어린 점원을 떠올린다. 덕분에 나는 그날들을 무사히 잘 보냈다고, 덜 외로웠다고. 전하지 못한 인사를 작은 기도로 대신한다.

나에게는 매일 하는 청소지만 내일 카페를 찾을 누군가에겐 새로운 공간이 되었으면 좋겠다고. 내일 밤엔 외로움으로 찍힌 발자국이 없길 바라는 마음으로.

바다의
안부

_____ *Gangneung, Korea*

가끔 물어야 하는 안부가 있다.

　하루는 친구가 이른 아침부터 나를 불러냈다. 어디로 가느냐고 몇 번이나 물었지만 가보면 안다고, 일단 차부터 타보라 했다. 주말이니 근처에 영화나 보러 가겠지 하는 가벼운 마음으로 차를 탔는데, 어느샌가 우리는 고속도로를 지나고 있었다. 등잔 밑이 어둡다더니, 이렇게 나는 납치를 당하는가 싶었는데 자꾸 자기만 믿어보라는 친구의 말에 별다른 수가 없었다.

　출발하고 한 시간쯤 지나 '강원도'가 쓰인 푯말이 나오자 친구는 진실을 실토했다.

　"사실 우린 지금 강릉에 가는 거야."

그 말을 듣고는 준비되지 않은 떠남에 좀 짜증이 났지만 계속해서 자신을 믿어보라는 오래된 친구 말에 어이가 없어 웃기만 했다. 그리고 얼마 안 있어 정말 오랜만에 바다와 닿았다. 달려오면서 쌓인 피로와 짜증은 바다를 보는 순간 금세 날아갔다.

늦가을 강릉 바다에는 시린 바람이 불었다. 살얼음 같은 바람이 나를 투과하는 듯 아렸다. 찬바람에 볼은 빨개졌지만 존재만으로 들뜨게 하는 바다 앞에서, 우리는 신발을 벗고 무작정 뛰었다. 집채만 한 겨울 파도가 저 멀리서부터 무섭게 달려오는데도 두렵기보다는 신이 났다. 그렇게 한참을 뛰어놀다가 대충 모래를 툭툭 털어 양말을 끼워 신고는 얼마 남지 않은 노을 녘의 해변을 걸었다. 걸으며 친구가 말했다.

"나는 부서지는 파도를 보고 있는 게 좋아."

"왜?"

"내가 가진 문제가 아무것도 아닌 것 같거든."

친구의 말이 바다 앞에 서면 '내가 아무것도 아닌 것 같아 좋다'는 말처럼 들렸다. 말은 다르지만 같은 뜻일지도 모른다.

'사실 나도 그래.'

친구의 말마따나 바다 앞에만 서면 내가 아무것도 아닌 게 되는 것 같아 좋았다. 끝없이 밀려와서는 또 끝없이 부서지는 파도를 보며 전능한 존재 앞에 서 있는 게 이런 걸까, 생각했다. 자연의 거대함 앞에서 사소하게 엉켜 있던 고민들은 숨을 곳 없이 드러나버렸다. 덜 힘들어도 됐는데 더 힘들어한 문제들, 더 힘들어야 했는데 덜 힘들어한 문제들이 자기 몫을 욕심내지 않고 제자리를 찾아가는 것 같았달까. 초겨울로 들어서는 바람을 업고 몰아치는 파도를 보는데 벅차오르며 좋았다. 아름다우면서도 아찔해 눈을 감기도 했다.

바다는 거대하니까, 여기에 작은 시름 하나쯤은 두고 가도 괜찮지 않을까. 금세 많은 양이 빠져나갔다가도 그만큼 바로 채워지는 파도를 보며 내게서 빠져나가 나를 슬프게 한 빈자리에 분명 새로운 무언가 채워질 거라는 이상한 믿음도 들었다. 그런 내 마음을 친구는 어떻게 알았을까.

친구는 며칠 전 가고 싶었던 회사에서 떨어졌다는 내 말이 계속 맴돌았다고 했다. 한창 취업 준비를 할 때라 이전에도 몇 번 들었던 소식이지만 그날은 지금까지랑 조금 다른 것 같았다고. 이 먼 곳까지 나를 데려온 이유를 이제야 털어놓다니. 미워하려다 미워할 수 없었다. 변명치곤 너무 따뜻했으니까.

이내 작은 웃음이 터져 친구의 어깨를 가볍게 툭 쳤다. 고맙다는 말은 파도에 실어 보내며 굳이 하지 않았지만, 친구는 내 말을 알아들은 듯했다.

 나도 몰랐던 나의 안부를 물어봐준 사람. 그리고 그와 함께
본 늦가을과 초겨울 사이의 바다. 힘들었지만 아주 깊이 내 속에
남을 것 같은 날이었다.

어쩌면 우리 이야기에는
약간의 어두움이 필요해

_____ *Scotland, United Kingdom*

스코틀랜드는 초록으로 가득한 세상이었다. 크고 작은 언덕들이 끝없이 이어지는 곳. 세상의 모든 푸른빛이 '초록'이란 이름 하나로 묶이지 않고, 각자의 다름을 세심하게 뽐내고 있었다. 어떻게 불러야 할지 모르겠는 초록빛 투성이었다.

스코틀랜드에서도 자동차를 타고 한참을 들어가야 하는 스카이섬에선 한여름인데도 두꺼운 점퍼를 입어야 했다. 따뜻한 햇빛이 쨍하고 들다가도, 구름이 자주 해를 가려선 서늘한 바람이 불어오는 곳이었다. 늘 뜨겁기만 한 대구에서 아스팔트 위에 일렁이는 아지랑이만 보다 와서 그런가, 바다를 소복이 덮은 해무를 보니 어딘가 몽글몽글한 기분에 어지럽기도 했다. 때로는 발 딛고 서 있는 여기가 바다의 한가운데가 아닐까 하는 이상한 상상이 들기도 했다.

이곳의 날씨는 언제나 조금씩 어두웠다. 섬이라 사방으로 바람이 불었고, 해무가 넘쳐흘러 언덕 위에 오르곤 했다. 어두우니 구름 사이사이로 삐져나오는 햇살이 더 잘 보였다. 세상에 초록이 이렇게 많았구나. 쨍한 햇빛이 가득한 곳에 있을 땐 눈치채지 못한 순간이었다.

평소에 나는 이상하게 인간관계만 걸리면 유난히 힘들어했다. 뭐든 귓등으로 흘리는 게 잘되지 않아서, 어떤 말은 금방 털어내지 못하고 서운해도 괜찮은 척하곤 했다. 몇날 며칠을 질질 끌고 다니면서. 모두와 잘 지내고 싶은 건 아니었다만 아무에게도 작은 미움을 받고 싶지 않은 욕심 때문이었을까. 아니면 한때 이유 없는 미움을 받아서였을까.

선을 넘고 싶지 않았다. 가까워지면 많은 말을 하게 되고, 말을 많이 하게 되면 언제나 선을 넘고 마니까. 다들 선을 넘고 넘으며 자연스럽게 잘 지내는 것 같은데, 나는 선을 넘어 누군가와 계속 잘 지낼 자신이 없었다. 그래서 쨍하기만 한 사람들이 부러웠고, 사회생활을 잘하려면 그들처럼 되어야만 한다는 강박에 '모두와 잘 지내는 사람'에 나를 끼워 넣기 바빴다.

그런데 여기 오고서야 알 것 같았다. 굳이 나까지 쨍한 사람이 될 필요는 없다는 걸. 조금 어두워야 더 선명히 보이는 빛깔이 있다는 걸.

　나는 낯선 곳에 혼자 온 사람과 길 잃은 사람을 잘 발견한다. 넘어진 사람과 무릎에 바를 연고가 필요한 사람의 가까운 곳에, 그들이 발견할 때까지 자주 서 있곤 한다. 그럴 땐 이상하게 용기가 난다. 오래전 겪었던 왕따의 기억은 밝은 곳에 나가 모든 사람들과 잘 지내지 못하도록 자주 발목을 잡지만, 약간 어두운 곳에 서 있는 사람들에겐 쉽게 말을 걸게 했다. 그건 사람의 마음이란 자꾸 약한 틈으로 흐르기 마련이고, 10년도 훌쩍 넘었지만 내게 과거의 그날들이 불에 덴 자국으로 남아 있기 때문이겠지.

　스코틀랜드의 날씨는 언제나 조금 어둡다. 몽환적인 안개, 치열하게 부는 바람. 어쩌면 우리 이야기에는 약간의 어두움이 우리를 더 풍부하게 만드는 걸지도 모르겠다. 때로는 너무 밝지 않아야 빛깔의 깊이를 알 수 있듯이. 우리가 가진 어두움이 우리를 더 크게 빛나게 할지도 모른다고. 그러니까 조금은 어둡고 망설이는 나도 괜찮을 거라고, 바다에서 불어오는 스코틀랜드의 바람을 정면으로 맞으면서 생각했다.

여행은
고민을 단순하게 만든다

_____ *Scotland, United Kingdom*

여행은 고민을 단순하게 만든다. 오늘 점심은 뭘 먹을까? 오늘 양말은 땡땡이를 신을까, 줄무늬를 신을까? 그리고 오늘은 어디서 잘까?

　스코틀랜드에 도착해 캠핑을 하려고 보니 여름 성수기라 찾는 곳마다 풀 부킹이었다. 주변 캠핑장이란 캠핑장은 다 돌았는데, 자리가 하나도 없었다. 이럴 줄 알았으면 예약이라도 좀 하고 올걸 싶었다가도 다음 캠핑장엔 자리가 있겠지, 다음엔 있겠지, 하면서 둘러봤다. 그렇게 결국 네 번이나 퇴짜를 맞으니 이러다 차에서 자야 하는 거 아닌가 싶어 심장이 덜컥했다. 초조함이 발등에 떨어졌고, 불안을 안고 방문한 다섯 번째 캠핑장도 역시나 자리가 없었다.

스코틀랜드의 이름 모를 도로 앞에서 저 멀리 해는 지고 있고, 마지막 캠핑장 주인에게 구석에 텐트만 치고 하룻밤만 보낼 수 있게 바짓단을 꼭 잡고 부탁하고 싶을 정도였다. 외국의 밤은 유난히도 추웠고 건물 하나 보이지 않는 들판 한가운데 이러지도 저러지도 못하고 있었다.

그런 내가 안쓰러워 보였는지, 마지막으로 찾은 캠핑장 주인은 포스트잇에 캠핑장 이름 하나를 급하게 적어줬다. 여기는 자리가 있을 거라며. 나름 큰 도로까지 나와서 길을 알려주는 친절을 베풀었다. 쭉 가다가 두 번째 도로에서 우회전을 하고 그다음 나무에서 좌회전을 하면 큰 나무 뒤에 있다고. 그런데 듣다 보니 더 헷갈렸다.

'저기 사장님, 여기 온통 들판이랑 나무뿐인데….'

결국 모르는 농장에 들어가 길을 묻고 물어 포스트잇에 적힌 캠핑장을 찾아냈다. 백야라 해가 늦게 지는 것일 뿐, 시간이 벌써 저녁 8시 반을 넘어가고 있어 우리에게 더 이상 선택지가 없었다.

운 좋게 도착한 곳은 할아버지 한 분이 운영하는 캠핑장이었는데, 가격은 하룻밤에 고작 10파운드. 단돈 15,000원 정도에 한 가족이 잘 수 있다니. 하지만 기쁨도 잠시 화장실 문은 제대로 닫히지 않는 삐걱이는 나무문에, 샤워실은 없고, 세면대는 금방이라도 무너질 것 같이 낡고 오래된 곳이었다. 관리되지 않은 마당의 잔디는 발목을 덮을 만큼 무성했다. 그런데도 이상하게 나쁘지 않았다. 당장 잘 곳은 찾았다는 안도감 때문인지 오히려 행복하기까지 했다.

빠르게 텐트까지 치고 나니 여러 불안에 가려져 있던 허기가 올라왔다. 급하게 라면에, 인스턴트 밥까지 말아 먹고 나니 그제 야 얹힌 기분이 쑥 내려가는 듯했다. 역시 기쁨과 안정은 탄수화 물에서 시작되는 게 틀림없다.

해는 이미 저 너머로 사라졌고, 불빛 하나 없어 컴컴한 밤, 옹 기종기 텐트 속에 붙어 있는 가족의 온기를 느끼며 생각했다. 잘 곳이 없는 촉박한 상황에도 덜 무서울 수 있었던 건 어쩌면 우리 가 함께이기 때문 아닐까.

계획 없이 떠난 캠핑 여행은 언제나 불안하지만, 온전히 지금 에만 집중할 수 있다. 먹고 자고 양말의 색을 고르는 일이 하루 의 전부가 되는 것. 정신없이 몸을 움직이고 나면 잔챙이 같던 잡생각이 싹 사라진다. 내일의 불안함을 미리 당겨오지 않고, 오 늘 주어진 것을 마음껏 누릴 수 있어 좋다. 그저 하나의 생각만 으로 시간을 채울 수 있는 게 여행이 주는 기쁨 아닐까.

우리가 함께
유럽 캠핑 여행을 떠나게 된 이유

나이 서른이 훌쩍 넘어 여권이란 걸 처음 만들어본 아빠는 출장을 가면서 생애 처음 비행기를 탔다. 작은 창밖으로 보이던 구름이 어찌나 신기하던지. 시골에서 올라온 청년은 몇 번 비행기를 타보고서는 이런 생각을 했단다.

'아이들을 데리고 더 먼 곳으로 다녀올 수 있겠다.'

그때부터 엄마도 그와 같은 꿈을 꾸었다고 했다. 언젠가 우리도 TV에서 보았던 파리의 에펠탑이나, 로마의 콜로세움 같은 곳에 닿을 수 있겠구나. 엄마는 그때부터 홀로 조용히 언젠가 닿을 여행을 계획하기 시작했다.

본 적도, 가본 적도 없는 세계에 가면 어떨까. 젤라또는 어떤 맛일까. 피사의 사탑은 정말 기울어져 있을까. 돈은 얼마나 모아야 하는 걸까. 어느 순간부터 우리는 여행에 대해 자주 이야기했고 내 나이 열다섯. 해외여행이란 걸 『먼 나라 이웃나라』 만화에서만 보았던 2006년. 우리 가족은 유럽으로 떠나는 14일간의 긴 여행을 준비했다.

엄마의 전 재산이던 오랜 적금을 깨며 있는 돈 없는 돈을 싹싹 모았고, 처음으로 이모에게 돈도 빌렸다. 여행을 결심한 이후엔 장을 보러 가서도 카트에 허락되는 것들이 몇 없었다. 나와 동생은 다니던 학원도 그만두었다. 그때는 아무래도 재능 없던 수학 문제집을 더 이상 풀지 않아서 좋아했던 게 아직도 기억난다. 정말이지 새로움에 대한 용기 하나로 가능한 일들이었다.

처음 떠나보는 긴 여행, 가본 적 없는 유럽, 부족한 정보. 떠나기까지 해내야 하는 일들이 수도 없이 많았는데, 부모님은 지치지도 않고 신이 나선 차근차근 해냈다. 퇴근만 하면 거실 컴퓨터 앞에 모여 앉아 온갖 정보를 검색했다. 어느 나라를 가고 싶은지, 거기까지 가려면 비행기 값은 얼마인지, 차 렌트는 어떻게 하는지. 그러다가 하루는 우리를 불러다가 말했다.

"애들아, 우리 그냥 여행 말고 캠핑 여행을 떠나보자!"

가족의 캠핑 여행은 숙박비를 아끼려고 시작되었다. 네 가족이 생애 가장 큰 모험을 떠나려고 있는 돈 없는 돈을 모조리 깼는데도 부족했으니까. 하지만 캠핑장에서 자면 호텔 반의반 값으로 숙박이 해결된다는 정보를 찾았고, 지금과 달리 어디서 텐트를 사야 할지 모르던 때에 홈쇼핑에서 특가로 20만 원 하는 텐트를 발견했다. 오래 준비를 했지만 포기해야 하나 고민하던 때에 거짓말처럼 이전에는 생각도 못했던 '캠핑'이란 단어가 쑥 등장한 것이다.

문제는 일단 텐트는 샀는데 아는 게 없었다. 서점에서도 캠핑 책 하나 제대로 찾기 어려워 온 가족이 틈만 나면 모여서 텐트를 펼쳐보았다. 뭔가 이상하다 싶으면 여행을 다녀온 사람의 블로그 포스팅에 댓글을 달아 질문을 했다. 해봐도 안 되겠다 싶으면 텐트를 펼쳤다 접었다 해보면서, 며칠 거실에 친 텐트 안에서 생활하는 테스트도 해보면서 배워나갔다. 당시 여행 준비가 얼마나 주먹구구였냐면, 외국 마트에서 장을 보고 사 먹을 수 있다는 생각조차 못해 한국에서 챙겨 갈 수 있는 건 모두 챙겨 갔다. 지금 돌아보면 거기도 다 사람 사는 곳이었는데, 괜히 외국 나가서 돈을 더 쓸까 봐 마음이 그랬다. 전기 포트, 라면, 레토르트 식품, 김, 자른 미역, 멸치, 통조림. 심지어 물값도 아낀다고 작은 사이즈의 브리타 정수기까지 빌려 갔다.

그렇게 우리의 캠핑 여행이 시작됐다. 한국에서 바리바리 챙겨 간 음식들로 꼭두새벽부터 일어나 밥을 차렸다. 지금 아니면 못 먹는다는 생각에 비좁은 텐트 안에서 두 공기씩 부지런히 먹고, 남은 밥으로는 점심 도시락을 싸서 다녔다. 걷다가 배고프면 근처 공원 벤치에 앉아 주먹밥과 캠핑장에서 정수한 물을 꺼내 나란히 앉아 먹었다.

그때 찍은 사진들을 보면 모두 꾀죄죄하다. 아끼고 아꼈다는 게 사진에서 티가 난다. 짐을 줄여보겠다고, 옷도 입고 버릴 수 있는 낡은 것만 챙겨서 촌스럽기 짝이 없다. 게다가 머리마다 끼워져 있는 선 캡. 선글라스까지 살 돈이 없어서 한국서 쓰던 선 캡을 가지고 갔는데, 그곳 사람들은 우리가 얼마나 신기했을까.

우리는 14일 동안 다섯 개 도시를 다녔다. 단 하루라도 이동이 딜레이되거나, 한 사람이라도 아프면 모든 게 틀어질 만큼 빠듯한 여행이었다. 거리에서 파는 젤라또나 와플도 하나 사서 아쉽게 한 입 먹어보는 게 전부였어도 좋았다.

세상에 이런 곳도 있다니. 교과서에서 보던 모나리자는 생각보다 작고, 피사의 사탑 앞엔 사람들이 엄청 많구나. 베네치아의 골목골목에는 정말로 배가 다니는구나. 그저 새로운 세상이 신기하고 재밌어서 사진 속 우리는 촌스러운데 내내 웃고만 있다.

이제 와 2006년의 첫 여행을 떠올리면 참 무모했다. 2주 가까운 날들을 외국의 캠핑장에서 먹고 자고 구경하며 보낸 우리의 첫 유럽 캠핑 여행. 그저 좋은 건 같이 보고 싶다던 마음과 더 먼 곳까지 닿아보자는 용기가 만나 떠날 수 있었다.

가끔 온 가족이 거실에 앉아 함께 여행하며 찍은 사진을 TV에 연결해 보곤 한다. 거실 불을 꺼두고, 여행 내내 차에서 들었던 노래를 들으며 대화할 때면 오래전 그 순간으로 돌아간 기분이었다. '저 캠핑장 참 좋았지, 여기서 사 먹었던 빵 맛있었는데.' 소소한 행복을 나누면서.

삶은 때로 작은 용기로 방향을 바꾸기도 한다. 아무 것도 없지만 일단 해보겠다는 담대함과 우린 함께이니까 해낼 수 있다는 믿음으로 말이다.

비 오는 날의
오! 슬로

_____ *Oslo, Norway*

북유럽은 맑은 날보다 구름이 낀 날이 더 많았다. 쨍하게 맑았다가 예고 없는 소나기가 쏟아지기도 했고, 아주 춥다고 했으면서 온종일 점퍼를 손에 쥐고 다니게 하는 귀찮은 일이 많았다. 나라가 다르다는 말은 어쩌면 살고 있는 세계가 다르다는 말 같기도 했다.

　노르웨이 오슬로. 이곳에 도착해서는 마치 새로운 세계로 문을 열고 넘어온 것 같았다. 마음대로 변하는 날씨 속에서도 이곳의 사람들은 여유로웠다. 그들은 이슬비가 내리면 자연스레 모자를 쓰고 길을 갔고, 세찬 비가 내리면 건물 틈에 숨어 잠시 기다렸다가 가던 길을 갔다. 한번은 폭우가 내리는데도 자전거 타는 사람을 보기도 했다.

우선 오슬로 캠핑장에 도착해 텐트와 차를 세워두고 시내로 내려왔다. 여행을 하며 모처럼 맑은 날을 만나 신이 났다. 한참을 들뜬 마음으로 거리를 휘젓고 다녔는데, 언제 날이 좋았냐는 듯 비가 내리기 시작했다. 누군가 건물 위에서 양동이로 물을 들이붓고 있는 건가 의심이 들 만큼 큰 비였다.

혹시나 싶어 가방에 우비를 챙겨둔 게 다행이었다. 빨간 우비를 꺼내 입는데, 옆에 있던 아저씨가 말을 걸었다.

"오슬로의 날씨는 자주 이래요. 갑자기 이런 비가 막 쏟아진답니다."

원래는 오슬로에서 유명하다는 조각공원까지 보고 캠핑장으로 돌아가려 했는데, 큰 비 앞에 어떻게 할지 몰라 우리는 미술관 앞에서 가족회의를 열었다. 공원까지 갈까, 아니면 바로 캠핑장으로 돌아갈까. 서로의 체력이 괜찮은지 확인한 뒤 우리 가족의 선택은 고!였다.

그렇게 빨간색, 노란색, 파란색, 주황색의 알록달록한 우비를 입은 네 사람이 비를 맞으며 나란히 걸었다. 우비 색이 신기했던지 우리를 지나쳤던 사람들은 뒤돌아 한 번 더 보고 갔다. 어찌 된 게 나랑 동생보다 엄마 아빠가 더욱 신이 나선, 팔도 함께 슥슥 흔들며 걸었다. 이렇게 비를 맞아본 게 언제였더라. 세차고 차가운 비의 촉감이 몸을 스치는데, 부끄러우면서도 속이 다 시원했다.

결국 보고 싶었던 공원에 도착해 조각상들의 포즈를 따라도 해보고, 사람 없는 공원에서 맘껏 뛰다 보니 서서히 비는 그쳤다. 그제야 두고 온 텐트 걱정이 되었다.

　'맞다, 우리 텐트 괜찮으려나?'

　역시나 오래된 텐트는 비바람을 견디지 못했다. 캠핑장에 도착해 황급히 지퍼를 열어 보니 내부엔 물이 축축하게 스며들어 있었다. 도저히 수습할 수가 없어 리셉션에 달려가 자초지종을 설명하고는 도움을 요청했다. 캠핑장 주인은 얇은 쓰레기봉투를 테이프로 연결해 임시방편으로 덮는 건 어떻겠냐는 제안을 했고, 우리는 열 장이 넘는 검정 쓰레기봉투를 구입하고 테이프와 가위를 빌려 왔다. 축축한 텐트 안에서 두 사람은 짐을 차로 옮기고, 두 사람은 봉투를 넓게 펼쳐 자르고 테이프로 고정하고. 정말이지 이게 뭐하는 건지. 밖에는 영화에서나 보던 폭풍우가 치는데, 우리는 텐트에서 쓰레기봉투나 자르고 붙이느라 온 전력을 다했다.

　결국 두 시간에 걸쳐 텐트를 닦고, 쓰레기봉투를 테이프로 이은 거대한 임시 타프(햇빛과 비를 막을 수 있는 텐트 천막)를 텐트 위에 고정했다. 그렇게 응급 처치를 하고 가위와 테이프를 다시 돌려줘야 하는데, 테이프를 붙이다 보니 한 통을 다 써버린 게 아닌가. 그 순간이 우습기도 하고 미안하기도 해서 또 한 번

의 가족회의를 했다. 누가 가서 이야기를 할 것인가. 이런 일은
역시나 막내(가족 중 유일하게 프리토킹이 가능하다)인 동생 찬
의 몫이었다.

10분쯤 지났을까, 텐트로 들어오던 찬은 웃음을 터트리며 얘
기했다.

"문 열고 들어가니까, 주인이 텐트는 어떻게 되었냐고 묻더라
고. 그래서 내가 뭐라 했게?"

"뭐라고 했는데?"

웃느라 말도 제대로 못하는 찬의 모습이 우스워 남은 가족도
슬슬 웃을 준비를 했다.

"Tent is dead, tape is dead!"

그 말이 끝나자마자 짧은 정적이 흘렀고, 우리는 뭐가 그리도
재밌는지 눈물까지 흘려가며 웃기 시작했다. 왜 여기서 라임을
맞추고 있냐며. 잠시 전만 해도 눅눅한 텐트 때문에 알게 모르
게 날이 서 있었는데 별것 아닌 동생의 말에 금세 아무렇지 않아
졌다. 밖에선 여전히 금방이라도 날아갈 것 같은 비바람이 불고,
안은 물이 들어와 축축한데 우리 가족은 정신을 못 차리고 깔깔
웃었다.

웃음도 비바람도 조금은 그친 밤. 다시금 텐트 안을 재정비하
고 돌아와 나란히 누운 밤. 까만 쓰레기봉투 때문에 어두운 텐

트 속이 더 깜깜했다. 아무것도 보이지 않고 습기 가득해 찜찜한 텐트 안인데도, 자꾸만 웃음이 피식 새어 나왔다. 'Tent is dead, tape is dead'라니. 혼자였다면 이 말에 그렇게 웃을 수 있었을까. 텐트를 때리는 비바람의 소리에, 폴대가 휘어져 금방이라도 쓰러질 것 같은 공간에, 혼자였다면 무서워 웃음기 하나 없는 얼굴로 도망쳤을지 모르겠다. 하지만 함께이니까 웃을 수 있었다. 크고 작은 시련 앞에서도 농담 한번 툭툭 던지고 깔깔 웃을 수 있었다.

때론 함께라는 이유 하나만으로 그 어떤 불안정한 곳도 세상에서 가장 안전한 공간이 된다. 좋은 기억이든 나쁜 기억이든 사랑하는 사람과 함께 이겨낼 수 있다는 사실이, 같은 기억을 공유할 수 있다는 사실이 얼마나 큰 축복인지 모르겠다.

아침의 오슬로는 어제의 폭우가 있었는지도 모르게 고요하고 맑았다. 우리는 거짓말처럼 맑아진 오슬로의 하늘을 보며 둘러앉아 아침을 차려 먹었다. 어제의 폭풍우는 그새 잊고.

용기도 두려움처럼
패턴을 이룬다

_____ *Mongolia & Russia*

"너는 엄살이 심해."

처음 듣는 말이었다. 새로 시작하는 일 앞에서 좀 두렵다고 몇 마디한 것뿐이었는데, 생각지도 못한 말에 놀라 입을 멍 벌리고 있는 순간에도 그는 톡 쏘듯 말을 이었다.

"해낼 수 있으면서 왜 자꾸 못하겠다고 하는 거야? 그거 습관이야."

그와 만난 지도 햇수로 벌써 여러 해. 서로의 모든 속내를 알지 못하지만, 그렇다고 잘 모른다고도 할 수 없는 시간을 지내왔다. 그러니까 저 말은 분명 오래전부터 나를 두고 생각한 말이자또 몇 번 말하려다 삼킨 말이었을 거다. 아픈 말 앞에 입만 삐죽

거릴 뿐 덧붙일 말이 없었다.

식도에서부터 뱃속까지 뽀글뽀글 방울을 터트리는 탄산음료처럼 그의 말은 내 속에서 자꾸만 터졌다. 속이 좀 쓰린 것 같기도 했는데, 사실 돌아보면 무언가를 할 때마다 '안될 거야'라는 생각이 이상하게 따라다니긴 했다. 인정하기 싫어서 작은 감정이라 치부하며 늘 어딘가에 미뤄두었던 말. 숨긴다고 숨겼는데 티가 났던 모양이다. 참, 사람의 약한 부분은 주머니에 넣은 송곳 같아서 숨길래야 숨길 수가 없다.

"옆에서 봤을 때, 너는 자신이 없어. 충분히 잘할 것 같은데 말이야. 한 번에 고치기 힘들면 작은 성취를 이뤘던 순간을 좀 떠올려봐. 아주 작은 거라도 모으다 보면 좀 나아지니까."

조금은 충격적이었던 그의 말을 듣고 집에 돌아와 성취라고 여겼던 순간을 생각나는 대로 모아봤다. 나 그 정도로 엉망은 아닌데, 하는 약간의 억울한 마음도 보태어서.

모스크바에서 교환학생 생활을 하던 스물둘. 한다고 하는데도 나만 수업에서 뒤처지는 기분에 자주 힘이 들곤 했다. 그날도 학교 가기 싫은 마음을 뒤로한 채 당시 한국 맥도널드에선 팔지 않던 두꺼운 감자가 먹고 싶어 겨우 길을 나선 날이었다. 추운 나라에선 왜인지 언제나 기름지고 포슬한 맛이 간절했는데, '러시아어를 못하면서 러시아까지 온 애'라고 스스로 생각하던 내게 가장 필요한 맛이었다.

어두운 버스 조명에 사람들도 모두 축축 처져 보였다. 노래를 들으며 졸면서 학교에 가고 싶었는데, 옆자리 할아버지가 대뜸 말을 걸어왔다. 불안했다. 나 러시아어를 잘 못하는데, 잘 알아듣지도, 잘 말하지도 못하는데. 분명 이 대화는 답답한 내 러시아 실력에 5분도 안 돼서 어색하게 끊어질 텐데 하면서. 어디서 왔냐는 첫 질문에 나는 더듬더듬 이렇게 대답했다.

"나 러시아어 잘 못해요."

"괜찮아. 얼만큼 하는데?"

"츄츄(Чуть-чуть, 아주 조금)."

'츄츄'라는 말에 할아버지는 풋 하고 웃었다. 왜 웃었는지는 모르겠지만 그 웃음에 긴장이 좀 풀려 나도 덩달아 웃음이 났다. 내가 웃으니 할아버지는 질문을 던졌다. 어디서 왔는지, 러시아엔 왜 오게 되었는지, 여기 겨울이 춥지는 않은지. 잠이 덜 깬 머리를 가동하며 더듬더듬 대답했는데 대화는 끊어질 듯 끊어지지 않았다. 그렇게 학교로 가는 한 시간 동안 러시아어로 말했다. 선생님을 제외한 나의 첫 회화 상대였다.

어쩌면 어린애랑 말하는 것보다 더 답답했을 텐데, 버스에서 내리는 내 등에 대고 할아버지가 말했다. "못하지 않아. 그렇게만 하면 돼"라고. 이름은 물론 어디 사는지도 모르는 할아버지의 말에 온몸에 덕지덕지 붙은 눈들이 좀 녹았던 것 같다.

이후로 러시아에서의 시간은 그냥저냥 흘러갔다. 그러다 다시 할아버지가 생각난 건 교환학생 수업 마지막 날이었다. 담당 선생님이 내게 "류다(러시아에서의 이름)를 처음 봤을 때 쟤는 러시아어를 한마디도 못하고 돌아가겠구나 생각했는데, 이젠 그런 걱정 안 해도 되겠다"고 말하면서 내게 박수를 쳐줬다고 한다. 정작 나는 마지막 수업이 아쉽다며 눈물 바람을 일으킨 친구를 쫓아 나간다고 자리에 없었다.

뒤늦게 전해 들은 박수 이야기에, 이상하게도 버스에서 만난 할아버지가 먼저 떠올랐다. 더듬더듬하지만 말하기만 하면 된다고 말해주던 할아버지. 언젠가 우연히 그를 다시 만나게 된다면 선생님의 박수를 꼭 전해주고 싶었다.

또 다른 성취의 순간은 고비사막에서였다. '정말이지 이러다 사람 죽겠구나.' 고비사막을 오르며 생각했다. 목구멍 끝까지 치고 올라오는 따가운 숨, 뺨을 때리는 모래 알갱이, 잔뜩 긴장해 팽팽한 근육 통증이 한 번에 느껴졌다. 그깟 모래 언덕, 높아 보이지도 않는 고비사막. 숨 좀 헐떡이다 보면 금방 올라가겠지 싶었는데, 아무리 올라가고 올라가도 끝이 보이지 않는 곳이었다. 흩어지는 해변가 모래성처럼 몇 걸음 가지 못하고 무너지고, 또 무너졌다.

두 걸음 내디디면 자꾸 한 걸음 밀려나 몇 번이고 그냥 포기

하고 내려갈까 고민했다. 여러 가지 생각에 언덕의 중간에서 그냥 누워버렸다. 힘들어 죽겠는데, 내려갈까. 근데 여기까지 와서 올라가지 못하면, 가뜩이나 반성 잘하는 내가 이 순간을 얼마나 쓸쓸하게 기억할까 싶어 덜컥 겁이 났다. 그러니까 느리더라도 일단 가보자 결심했다. 포기하지만 않는다면 시간이 얼마나 걸려도 올라갈 수 있지 않을까 싶어서.

시간이 아주 오래 걸렸지만 결국 느린 걸음으로 고비사막의 능선에 올랐다. 한참을 벌러덩 모래 위에 누워 숨을 고르니, 그제야 아래에선 보이지 않았던 사막 풍경이 보였다. 바다처럼 결을 이뤄 끝없이 펼쳐지던 모래 언덕. 끊어지지 않는 모래의 선. 오르지 않았다면 영영 모르고 살았을 풍경 앞에서 괜히 눈물이 찔끔 났다. '아, 올라왔다. 나 여기 올라왔어.'

한번 해냈다 하는 작은 성취는 삶에서 생각보다 많은 변화를 가져왔다. 당장 변하는 건 아무것도 없지만, 뭔가를 시도하게 만드니까. '너는 엄살이 심해'라던 친구의 한마디가 잊고 지냈던 나의 작은 성취 부스러기들을 싹싹 모으게 했다. 맞아, 넘어지는 일도 실패하는 일도 많았지만, 해내고 만 일도 많았었지. 남들보다 좀 느렸지만 결국 내 속도대로 모아온 조각들을 떠올려본다.

살다 보면 감당하기 힘든 감정이 나를 찾아오곤 했다. 이걸 내가 넘을 수 있을까. 오르기 전부터 포기하고 싶은 모래 산이 많았다. 어쩌다 겨우 두 걸음을 내디디면 '너는 할 수 없어'라고 하는 듯한 사막의 모래 알갱이 같은 말들이 한 걸음을 도망치게 했다. 그 언덕은 때로 사람과 상황이기도 했지만, 대부분 나 자신이었다.

용기도 두려움처럼 패턴을 이룬다. 몇 번의 두려움에 노크를 하다 보면, 고개를 빼꼼 내미는 작은 용기들이 나름의 패턴을 이뤄 자리를 잡는다. 한번 해봤으니까 일단 기회 앞에 나를 던지는 용기, 실패해도 다시 일어설 수 있을 거라는 용기, 머뭇거리면서도 언젠가 해낸 기억을 믿고 선택하는 용기. 늘 작다고만 여겼던 것들은 언제나 나보다 컸다.

그래서 내가 쌓아온 작은 시간들을 믿어보기로 다시금 다짐했다. 두려워도 포기하지만 않으면 앞으로 나아갈 수 있다는 믿음으로.

문득 탄산음료 같던 그의 말이 참 고마워졌다.

시선은 결국 아름다움에 맺힌다던데
아빠의 카메라 끝에는 언제나 내가 있었다.
그 사실만으로 위안받는 밤이 있다.
흔들리고 바스러지는 마음에
금방이라도 어둠 속으로 도망치고 싶을 때
내가 누군가의 시선 끝에 있었다는 이유만으로
살아갈 수 있을 것 같은 밤이.

PART 2

비
행

우리 이야기는 여기 남아

열여덟의
터닝 포인트

_____ *Seoul, Korea*

"너는 나의 터닝 포인트야."

남산을 올라가는 노란 순환 버스 안에서 그가 말했다. 에어컨을 틀지 않아 버스의 공기는 더웠고, 사람은 많아 넋이 반쯤 나가 있을 때였다. 전혀 상관없는 상황에 등장한 터닝 포인트라는 단어는 나를 당황시켰지만, 싫지 않은 말이었다. 너는 나의 터닝 포인트야. 나는 그 말이 '너는 나한테 첫사랑 같은 사람이야' 하는 말처럼 들려서 마음이 살짝 더워졌다.

"어… 나도."

사실 내게도 그가 터닝 포인트인지는 잘 모르겠다만 그땐 그렇게 말해야만 할 것 같았다. 어쩌면 맞을지도 몰랐고. 그는 나의 대답을 크게 신경 쓰지 않는 듯, 내가 왜 자신의 터닝 포인트인지 이야기를 이어나갔다.

내가 아니었다면 우리가 매일 오고 가던 등하굣길의 지하상가 안 상점이 그렇게 자주 바뀌는지, 덕수궁 돌담길이 계절마다다른 빛을 띠고 있는지 몰랐을 거라고. 또 자신의 삶이 촉박하게돌아가는지도 몰랐을 거라고 했다. 평소에 좀 시니컬하고 똑 부러지는 사람이었기에, 그의 입에서 연달아 나오는 감성적인 말들에 낯간지러워 나는 목을 만졌다. 여전히 버스는 더웠고, 땀이난 자리가 유독 간질간질했다.

노란 버스는 남산의 언덕 아래서 멈췄다. 버스 문이 열리는순간 쏟아지던 여름밤의 바람이 우리의 이마와 목을 시원하게쓸었다.

"아, 시원해."

한눈에 보이는 서울의 야경은 더없이 예뻤다. 아마 늦은 밤야자를 째고 홀랑 도망을 나와 더 좋았는지도 모르겠다. 여름밤의 분위기에 신이 나서는 난간에 대롱대롱 매달려 야경을 보는데, 그는 야자를 빼먹은 건 열여덟 인생에 처음이라고 했다. 내일 불려가 혼날 걸 생각하면 불안하면서도 도망쳐 온 짜릿함이생각보다 기분 좋은 감정이라고도 했다. 자주 야자를 빼졌던 나와는 달리 모범생다운 그의 대답이었다.

여름밤의 남산, 자유로워 보이는 사람들 사이에서 삐걱거리던 그에게 우리 좀 설렁설렁 살자던 나. 아직 어린데 벌써부터 너무 주먹 꽉 쥐고 살지 말자며, 어린 동생을 챙겨야 하는 맏이 말고 그냥 너답게만 살면 좋겠다고 말했다. 지금 생각해 보면 책임질 수도 없는 말이었는데, 내 말에 그는 고개를 끄덕였다. 어쩌면 그의 끄덕임은 용기였을지도 모르겠다.

"우리 언젠가 이렇게 뻥 뚫린 곳으로 꼭 여행 가자."

남산 아래에서 내려다 보던 서울 시내는 그저 작았다. 시야를 막는 게 하나 없어 시원하기만 했던 짙은 파란색의 풍경. 그의 말에 나는 그냥 알겠다고만 했다. 언젠가 어른이 되면 꼭 이렇게 시원한 곳으로 떠나자는 선명한 대답 대신.

그와 나의 인연은 신기하다는 말 없이는 설명되지 않을 만큼 신기했다. 같은 초등학교를 나왔지만, 서로가 저기 어딘가에 존재하는구나 정도로만 여겼던 사이. 가까워질 이유도 상황도 없었던 우리가 친구 비슷한 관계가 된 건 그가 우연히 내가 다니던 고등학교로 전학을 오면서였다. 내 핸드폰 번호를 어떻게 알았는지 '학교에 같이 가자'며 문자를 한 그날부터.

우리의 성격은 정반대여서 사소한 것에도 지지고 볶았다. 그는 걸음이 빨랐고 이유가 없으면 멈추지 않는 사람이었지만, 나는 학교를 가면서도 주변의 모든 상점을 구경하는 사람이었다.

그는 무엇이든 정확해야 했고, 나는 그건 꼭 중요한 게 아니니까 대충 넘기자는 사람이었다. 우리는 어렸고, 어려서 다듬어지지 않아 가장 뾰족하게 도드라지는 시기에 서로를 만났다.

가끔 서로의 기분을 꾹 찌르고 나서는 각자 다른 친구에게 '도무지 쟤는 이해할 수 없는 애'라고 얘기했는데 다음 날이면 또 같이 학교에 오고 집으로 갔다. 한 사람은 빠르게 걷고 다른 한 사람은 세월아 네월아 가면서. 그러다 빠르게 걷던 그의 손에 붙잡혀 뛰듯 걷기도 하고, 천천히 좀 가자고 싸우기도 하면서.

오랜 시간을 다투면서도 지켜낸 우정은 어느 순간부터 견고해졌다. 서로에게 '너는 왜 그래'가 아니라 '너니까 그럴 수 있어'라고 말해줄 수 있는 존재가 됐다. 걸음이 빠르던 그는 내 옆에서 천천히 걷는 법을 배웠고, 걸음이 느리던 나는 그를 따라 서둘러 걷는 법을 배웠다.

그리고 우리 사이엔 15년이 흘렀다. 이제는 1년에 한 번밖에 못 보는 사이가 되었지만, 신기하게 그를 만나면 언제든 돌담을 함께 걷던 시절로 돌아갔다.

하루는 뜬금없이 그에게서 문자가 왔다. 몽골에 가자고. 지금이 아니면 이상하게 너랑 여행을 못 가볼 것 같다고. 몽골이라는 단어가 주는 묘한 느낌에, 나는 또 목덜미가 간지러웠다.

살면서 그날의 남산을 자주 떠올렸다. 내게 그날은 힘들 때

꺼내 먹는 기억이 되었다. 스스로가 아무것도 아니란 생각이 들 때마다 나도 누군가에겐 진심으로 중요한 사람이었음을 떠올리며 건디곤 했으니까. 그런데 그날의 남산을, 나만 기억하고 있던 게 아니었다. 며칠 동안 걸려온 전화에 얼떨결에 몽골행 티켓을 끊어버렸다. 충분히 고민하지도 못했는데, 여전히 그의 걸음은 빠르기만 했다.

문득 오래전 여름, '네가 나의 터닝 포인트야'라고 고백하던 그의 말에 '나도'라고 대답한 내가 기특해졌다. 돌아보니 나에게도 그가 터닝 포인트였다. 그의 말에 오래 기대며 살았으니까. 이런 우정도 있다. 누군가가 누군가를 만나 운명처럼 상대를 변화시키는 어떤 우정이. 상대의 작은 말 한마디에 기대 사는 우정이. 앞으로 나는 그와 같은 우정을 또 만날 수 있을까.

그렇게 우리는 함께 몽골로 향했다. 무엇 하나 걸리는 것 없이 드넓은 몽골에서, 그날의 남산처럼 더운 몽골에서 너도 나의 터닝 포인트였다고, 네가 있어 오늘 내가 여기 있을 수 있었다고 꼭 말해주고 싶었다.

쏟아지는 별똥별을 보면서
사랑을 빌었지

몽골로 떠나게 된 데에는 오래된 친구의 채근도 있었지만, 나 때문이기도 했다. 초여름이었던 그 무렵, 나는 한 사람과의 권태로운 관계를 정리하고 있었다. 간단하게만 생각됐던 일은 생각보다 더 많은 시간을 필요로 했다. 마음이 끝나버린 것과 별개로 지난 기억을 충분히 애도해야 했으니까. 잔잔하게 남은 감정은 치우려고 하면 할수록 마음에 잔열을 남겼다. 그래서 떠나자는 친구의 말에 기대 도망치듯 몽골로 향했던 것일지도 모른다.

핸드폰도 잘 터지지 않아 쓸데없는 생각 없이 툭 잠을 청할 수 있는 곳. 쏟아질 것 같은 별이 있고, 끝없이 펼쳐지는 초원이 있다는 곳. 광활한 곳에 있다 보면 작은 혼란스러움 정도는 자연스레 정리되지 않을까 하는 기대를 안고, 나는 몽골로 떠났다.

처음 만나 서먹한 여섯 청춘을 태우고, 푸르공은 자유롭게 초원을 달렸다. 끊어질 듯 끊어지지 않는 땅의 선들 위에서 하늘과 초원의 푸름이 끝도 없이 펼쳐지는 곳, 들리는 거라곤 푸르공이 달리는 소리밖에 없는 이곳에서 나는 자주 누군가를 생각했다.

사실 그해 여름, 나는 안녕과 안녕 사이에 끼여 있었다. 지난 사람이 한참 전 떠나간 자리에 누군가 다시 인사를 건네 왔다. 그의 인사는 다정했고 조심스러웠으며 과하지 않았다. 함께 서울 거리를 걷는 시간이 많아질수록 나는 그를 자주 생각했지만, 어쩐지 그 마음마저 그냥 몽골에서 모두 정리하고 싶었다.

하지만 좁고 더운 푸르공 안에서도 마음은 자꾸 삐져나왔다. 그도 내 생각을 문득문득 할까. 하지만 만약 그렇대도 그다음은, 나는 이전과 다를 수 있을지 있을지 자신이 없었다. 이대로라면 이것도 저것도 아닌 애매한 상태로 중요한 무언가를 영원히 잃어버릴 것만 같았다. 그때 내가 몽골로 향했던 건 누군가를 완전히 정리하려는 마음 때문이 아니라, 서둘러 누군가를 마음에 들여놓지 않으려고 애쓰기 위해서였을지도 모른다.

몽골의 밤은 낮보다 아름다웠다. 한국서 챙겨온 에어베드에 누워선 친구들과 기우는 해를 자주 바라봤다. 그리고 찾아온 밤, 노을 뒤엔 셀 수 없이 많은 별들이 빼곡했다. 친구들은 보드카를 마시러 하나둘 게르로 들어갔고, 밤하늘 아래엔 나와 함께 떠나

온 친구들 중 가장 어린 막내만 남았다.

우리는 각자의 에어베드에 나란히 누워 끊임없이 움직이는 별을 보았다. 별들은 꼭 영화에서 볼 법한 움직임으로 회전했고, 우리는 왼쪽 끝에 있던 별자리가 오른쪽 끝으로 이동할 때까지 숨겨둔 이야기들을 했다.

"나는 사실 마음을 정리하고 싶어서 몽골에 왔는데, 이상하게 예쁜 걸 보면서 그 사람 생각밖에 안 나."

"누나, 나도 그래. 차 안에서도 계속 같이 여기 있으면 어떨까 생각했어."

"지금도 별이 쏟아질 것 같잖아, 같이 보면 어떤 기분일까."

"그러게. 근데 그들은 모르겠지. 우리가 여기서 이런 대화를 하고 있다는 거?"

이렇게 바보 같은 대화를 세상 진지하게 하고 있는데, 저 멀리 별똥별이 떨어졌다. 조금 늦긴 했지만 우리는 다급하게 소원을 빌었다. 별이 가져다주는 소원이라니, 그런 거 믿지 않는 사람인데 별이 수없이 박힌 이곳에선 그래도 될 것 같았다. 아니, 그래야만 할 것 같았다.

소원을 다 빌기도 전에 다시 별똥별이 떨어졌고, 그렇게 일곱 개의 별이 하늘에서 포물선을 그리며 땅으로 내려왔다. 우리는 그 별들 중 하나라도 놓칠까 서로 다급하게 소리치며 함께 소원을 빌었고, 우리 둘 다 아무 말도 하지 않았다. 그리고 그때 알아버렸다. 내게 사랑이 찾아왔다는 것을.

쏟아지는 별똥별을 보며 사랑을 빌었다. 일곱 번 모두 똑같이 저 멀리 한국에 있을 한 사람을 떠올리면서. 애를 쓰며 막아보려고 했던 마음이 틈을 비집고 터져 나왔다.

'나 그 사람을 좋아해. 그와 걷는 서울의 거리를 좋아해.'

'그가 다정히 건네는 인사를 좋아해.'

온통 깜깜한데 별만 반짝이던 몽골의 밤. 옆에 누군가가 있었지만 그마저도 잘 보이지도 않아 부끄러운 마음이 들어도 괜찮았다. 몽골의 밤은 어두웠고, 내 마음과 닮은 별이 하늘에 무수히 떠 있었다.

도망치다가 결국 인정하게 된 순간, 보이지도 않는 몽골의 밤하늘을 찍어 그에게 보냈다. 잘 보이지 않지만 여기에 무수히 많은 별이 있다고. 그래서 당신도 여기에 있었으면 좋겠다고.

함께 보고 싶었던
바닷가

_____ *England, United Kingdom*

누군가 내게 잊을 수 없는 바다가 있느냐고 묻는다면, 노스 선더랜드 이야기를 가장 먼저 할 테다. 끝없이 펼쳐진 바다와 밀려오는 물결에 반사돼 부서지던 햇빛 조각들. 그 조각을 맞으며 사랑하는 이가 흠뻑 웃고 있던 풍경을.

여행만 떠나면 꼭 두새벽부터 눈이 번쩍 떠진다. 한국에선 알람이 없으면 오후 내내 잤으면서, 몸이 일상에서 떠났다는 걸 감지라도 하는 걸까.

그날은 다른 날보다 유난히 일찍 눈이 떠졌다. 바스락거리는 소리에 가족들이 깰까 누워서 오늘은 어딜 가나, 핸드폰 지도를 살피다가 근처에 있는 바다를 찾았다. 30분 정도면 걸어갔다 올 수 있겠다 싶어 살금살금 재킷만 챙겨 길을 나섰다.

캠핑장을 빠져나와 이름도 모르는 시골길을 걷기 시작했다. 주변으로 푸르고 하얀 초원이 끝도 없이 펼쳐졌다. 내가 있는 곳이 어딘지도 잘 모르면서, 마냥 가벼운 발걸음에 걷고 또 걸었다. 그러다 발끝에 채이는 나무 그림자가 흔들릴 때면 마치 비눗방울 같은 햇살을 톡톡 터트리는 기분이 들었다. 긴 초원의 끝엔 작은 모래 언덕이 나왔고, 그 샛길을 지나니 지도에서 본 바다가 나왔다.

'와-.'

언덕 넘어로 바라본 풍경에 숨이 턱 막혔다. 마치 신이 연필을 쥐고 세상의 중심에 선을 하나 긋고선 "위에는 하늘 아래는 바다"라고 이름 붙이는 순간을 몰래 엿보는 최초의 인간이 된 것만 같았다. 나는 이런 바다가 세상에 있는지도 몰랐는데, 꽤나 많은 사람이 그 이른 시간에 바다를 걷고 있었다.

그 순간 알았다. 아름다운 걸 보면 가슴이 콕콕 아프다는 사실을. '죽을 때까지 이런 풍경을 얼마나 더 볼 수 있을까?' 하는 생각이 들 만큼 아름다웠다. 왜인지 마음이 찌릿하기까지 했다.

해변에 놓인 통나무 위에 앉아 하염없이 바다를 바라보다가 나올 때 챙겨온 일기장을 꺼냈다. 그리고는 이상하게 아프고 찌릿한 기분을 담아 이렇게 썼다.

이 바다를 보고 있자니 한국에서의 내가 잘 떠오르지 않는다. 분명 매일 불안하다고 생각했는데, 왜 생각이 나질 않지. 늘 행복이 어디 있을까 고민했는데, 저 멀리 아침 바다에 퐁당 떠 있는 사람들의 웃음을 보니 이제야 알겠다. 행복은 언제나 곁에 있었다는 걸. 사랑하는 사람과 함께 있었다는 걸. 해변을 걷고 뛰고 바다를 향해 손 벌리는 사람들을 보며 캠핑장에 두고 온 가족들을 떠올린다. 빨리 뛰어가서 엄마를 데리고 와야지, 그리고 이 바다를 보여줘야지.

여기까지 쓰고 일기장을 덮었다. 엉덩이에 묻은 모래를 툭툭 털고 일어나서는 아쉬움 하나 없이 뒤를 돌았다. 빠른 걸음으로 캠핑장으로 돌아가 여전히 자고 있는 가족들을 깨워 다시 바다를 찾았다. 방금까지 내가 보고 온 걸 빨리 보여주고 싶었다.

'저기에 아주 아름다운 바다가 있어, 혼자 보기엔 너무 아쉬운 바다가 있어. 꼭 알려주고 싶은 풍경이 있어.'

바다를 보며 환하게 웃는 엄마의 얼굴을 보고서야 콕콕 아프던 마음이 정말로 괜찮아졌다.

사랑한다는 건 이런 게 아닐까. 좋은 건 다 주고 싶은 마음. 꼭 같이 하고 싶은 마음. 내가 좋아하는 걸 소중한 사람도 좋아하는 모습을 보면 괜히 더 신이 나는 마음. 그리고 보면 아빠도

늘 그랬는데. 멋진 걸 보고 오면 우리를 데리고 꼭 다시 가고는 했다.

신발을 벗고 바다로 뛰어가는 가족의 뒷모습을 보며 언젠가 사랑하는 이와도 꼭 다시 와야지 생각했다. 그때가 되면 내가 이걸 당신에게 보여주고 싶었다는 말에 내 마음을 담아 건네고, 끝나지 않는 해변을 뛰어놀며 오늘의 기쁨을 나누고 싶다. 햇빛의 조각들을 잔뜩 껴안으면서, 큰 웃음소리로 해변을 가득 채우면서.

착륙하는 비행기에서
반드시 기억해야 할 것

여행의 끝은 언제나 조용하다. 분명 어제까진 낯선 나라의 골목을 걷고 있었던 것 같은데, 벌써 돌아가는 비행기 안에서 담요를 둘러 덮고 있다. 승객들 모두가 잠들어 조용한데, 아직 완전히 가시지 않은 여행의 꼬리가 소란스러운 꿈처럼 사부작사부작 밟힌다. 내일부턴 원래의 하루가 다시 시작되겠지.

이럴 때 필요한 건 잔잔한 영화다. 시끄러운 비행기 안에서 핸드폰 안에 담아둔 영화를 꺼내 본다. 여행의 끝에 내가 선택한 영화는 〈ONCE〉. 흔히 '영화 같다'고 말하는 어떤 극적인 장치 없이 자연스럽게 이어지는 영화라 오래, 조용히 좋아했다.

〈ONCE〉는 우연히 길에서 만난 두 남녀가 음악이라는 공통분모를 서로 깊게 공유하는 이야기인데, 결말이 기대와 다르게 흘러 신기했던 영화다. 두 사람은 함께 수많은 곡을 연주하면서 서로에게 작은 마음이 생기지만, 거기서 더 이상 다가가지 않고 원래 자신의 자리로 돌아간다. 삶의 변곡점을 발견하고도 현실로 돌아가는 사랑이라니.

여행의 끝자락에 〈ONCE〉를 다시 꺼내는 건 반복되는 나의 여행들이 이 영화와 닮은 것 같아서다. 떠나고 싶어 근질근질하며 비행기에 몸을 실었던 시끄러운 이벤트는 지나가고, 집으로 돌아가는 지금이 현실로 돌아가는 사랑과 닮은 것 같아서. 있었던 자리로 돌아가 두고 왔던 삶을 이어갈 내일의 나와 닮았다.

이 영화에서 내가 가장 좋아하는 장면은 두 사람이 산에 올라가 어설픈 체코어로 대화를 나누는 장면이다. 산 아래 먼 곳을 바라보던 남자는 여자에게 '아직도 그를 사랑해?'라고 하며 따로 지내고 있던 남편에 대한 마음을 어설프게 묻는데, 여자는 남자가 알아들을 수 없는 체코어로 이렇게 대답한다.

"Miluju tebe."

영화가 끝날 때까지 'Miluju tebe'의 의미를 남자도, 관객도 알 수 없는데, 결국 서로의 마음을 정확히 알지 못한 채 아니 어쩌면 알고 있으면서도 더 다가서지 않은 채 그들은 각자의 자리로 돌아간다. 남자는 자신을 갑자기 떠나 버린 옛 연인에게, 여자는 따로 살고 있던 남편에게로. 서로를 만나기 이전에 쥐고 있던 관계로 돌아가 엉킨 실타래를 다시금 풀어나간다. 하지만 여자는 이미 남자를 사랑하고 있었다. 'Miluju tebe'라는 말은 체코어로 '너를 사랑한다'는 뜻이었음을, 영화가 끝난 후에야 알게 되었다.

이 영화를 볼 때마다 생각한다. 두 사람은 이 사랑을 후회했을까. 그리고 금방 다시 대답한다. 아니, 그들은 후회하지 않았을 거라고. 언제나 그렇듯 사랑은 분명한 흔적을 남기니까. 그리고 흔적은 사랑이 끝나고 시간이 지난 뒤에야 알 수 있는 거니까.

살면서 내려지는 각자의 선택엔 어떤 이유가 있는지 알 순 없지만, 사랑은 무겁게 지고 있던 마음을 보듬는 힘이 있다. 빽빽한 하루 중에 잠시 숨을 쉬게 하고, 그 틈을 계기로 나를 돌아보고 사랑하고 이해하게 만드니까.

여행을 좋아하는 아빠는 내게 자주 이렇게 말했다. "우리가 떠나는 건 더 잘 돌아오기 위해서야." 여행을 떠나기 전엔 떠날 수밖에 없는 각자의 이유가 있지만, 결국 우리에겐 돌아갈 각자의 자리가 있다고. 내게 주어진 하루를 더 잘 살아내기 위해서 우리는 여행이란 틈을 삶의 중간 중간에 두는 거라고. 그러니 영화 〈ONCE〉에서 두 사람이 꼬인 실타래 같은 자신의 삶으로 돌아갈 수 있었던 건, 다름 아닌 한 때의 사랑 덕분에 생긴 용기였을지도 모른다.

　아마 이 영화가 끝나고 비행기가 착륙하면 짐을 찾아 공항을 나서서 익숙한 일상으로 돌아가겠지. 여행이 끝난 후에도 나는 크게 달라지지 않을지도 모른다. 여전히 잔 실수가 많은 그대로일 테다. 하지만 사랑이 가지고 온 변화는 사랑이 끝난 후에 알게 되는 것처럼 나도 그럴 거라 생각해 본다. 떠나보았고, 헤매보았고, 다시 내 자리로 돌아가고 있으니까. 지금까지 모든 여행이 그래 왔고, 지금의 내가 이 여행을 반복하고 있는 것처럼 말이다.

　당장은 보이지 않겠지만, 나는 이 한 철의 사랑을 후회하지 않을 것 같다. 착륙하는 비행기 안에서 기억해야 할 것이 있다면, 바로 이게 아닐까.

새벽
바닷가

_____ *Gangneung, Korea*

새벽 바닷가에서 터지는 폭죽을 보며 그에게 말했다.

"저 사람들이 터트리는 건 폭죽일까, 아님 저들 나름대로의 낭만일까?"

"글쎄. 그것보단 그냥 불이 붙었다는 게 중요한 거 아닐까. 어떻게 될지는 모르겠지만, 일단 시작되었다는 거?"

우리는 한동안 말없이 새벽의 고요를 방해하는 폭죽을 내버려 두는 것으로, 사람들이 터트리는 것은 낭만 쪽이라는 무언의 합의를 보았다. 굳이 먼 강릉의 새벽 바다까지 와서 폭죽을 터트리는 사람들이라니. 편의점에서 파는 폭죽은 형편없는 딱총 소리를 냈고, 잊을 만하면 저 멀리서 다시 들려왔다. 바람 소리에 먼 웃음소리가 섞여 흘렀다.

새벽에 바다를 보는 건 처음이었다. 겨우 켜져 있는 가로등과 묵묵히 큰 소리로 왔다, 갔다 하는 파도의 일렁임만 보였다. 처음엔 깊은 어둠에 먹힐 것만 같았는데, 그 어두움도 금세 적응이 되는 듯했다.

'우리는 꼭 저 바다 같을 때 처음 만났지.' 각자의 삶에 작은 틈이 벌어져 있을 때 서로를 알아봤다고 하는 말이 맞겠다. 당시 나는 모든 게 어려운 신입사원이었고, 가족도 친구도 하나 없는 도시에 홀로 살아가고 있었으며, 마침 좋지 않은 방식으로 오래 기다린 출판 계약도 파기한 상태였다. 내가 작은 파장에도 예민하게 허덕이던 시기에 그 역시 서울에서 새로운 터를 잡고, 대부분의 시간을 일하며 매일 고된 하루를 보내고 있었다.

누군가 나 좀 알아줬으면 좋겠다고 바라던 때에 우연히 만난 두 사람은 밥을 먹고, 커피를 마시며 매번 이만 보를 거뜬히 채워 도시를 걸었고, 어느새 새벽 바닷가를 함께 보고 있었다. 배경을 채우던 사람들의 소리는 다 지워버리고 "저 바다 끝엔 뭐가 있을까" 하는, 별로 궁금하지 않지만 그래서 더 중요해지는 대화를 나누며.

그러다 해변까지 찾아온 옅은 해무에 기대선 문득 주머니에 숨겨놓았던 각자의 조각을 툭 꺼내놓는다. 어쩌면 '나는 이런 흠집이 난 기억을 안고 있는데, 그래도 괜찮아?'라는 불안한 질문에 '괜찮다'는 뻔한 확인을 받고 싶어서. 새벽 바다에 기대 흐르는 대로 털어버렸지만 괜찮았다. 생각보다 큰 소리로 밀려오던 파도에 어떤 이야기든 꺼낼 수 있을 것만 같았다. 적어도 우리는 힘들 때 서로를 알아봐준 사람들이니까.

가끔 잠들지 못하는 어느 밤이면, 그날의 새벽 바닷가를 다시 걸어본다. 기억하면 할수록 높게 떠오르는 잔상에 부단히 눈을 감고 잠을 청해보지만 파도가 춤을 추고, 보드라운 바람이 부는 해변에서 서로를 보며 웃던 우리 둘만의 밤이 자꾸만 떠오르곤 했다.

어쩌면 우리만 몰랐을지도 모른다. 끝없이 펼쳐지는 밤바다를 앞에 두고 앉은 우리의 뒷모습이 얼마나 반짝였는지, 온 신경을 쏟은 끝에 털어놓을 수 있었던 각자의 이야기들이 얼마나 유의미했는지. 여름의 바람도 새벽의 바다도 이미 다 아는 걸, 우리만 이렇게 뒤늦게 알아챘는지 모르겠다. 함께한 시간의 힘으로 우리는 내일까지 잘 살아낼 수 있다는 걸.

동생이
나에게 양보한 것들

_____ Colmar, France

콜마르. 이름도 어려운 소도시로 긴 여행을 떠나온 어느 날. 찬과 길을 걷다 문득 그런 생각을 했다. 세상에서 나와 가장 닮은 사람은 찬이 아닐까(물론 순서를 따지자면 내가 찬을 닮은 게 아니고, 찬이 나를 닮은 거겠지만).

같은 부모님 아래서 태어나 오래 같은 밥을 나눠 먹은 사람. 가진 상처도, 장점도 조금씩 다르지만 분명하게 같은 결을 가진 사람. 엄마와 아빠의 얼굴을 또렷하게 나눠 가진 세상에 나 말고 유일한 사람.

낯선 여행지에서 용기가 생겼는지, 평소에 묻지 못한 질문을 찬에게 했다. 우리가 남매여서 서로에게 뺏고 빼앗긴 걸 셈해보자고. 찬은 고민도 하지 않고 말했다.

"내가 빼앗긴 건 대표적으로 롤러브레이드와 아이폰 3gs가 있지. 누나, 난 아직도 그것만 생각하면 부들부들해. 이렇게 말하고 보니까 나 생각보다 더 착한 동생이었네?"

그의 말을 듣고, 그제야 떠오른 기억이 있다. 초등학생 때 집에 온 손님이 동생에게만 롤러브레이드를 사준 게 샘이 나, 내가 홀랑 빼앗아 탔다. 사이즈가 동생에게 두 치수나 크고, 내가 누나라는 이유로. 그리고 아이폰 3gs. 매번 핸드폰을 물려받아 쓰던 동생이 처음으로 산 핸드폰이었다. 출시되자마자 세상을 놀라게 한 아이폰을 누나한테 주면 안 되냐며 며칠을 따라다니다 받았다. 찬은 거기서 끝나지 않았다. "내가 군대 휴가 나와서 목도리 사준 거 기억나? 그때 군대에서 진짬뽕이 1,500원이었는데 맛없는 싸구려 쌀국수를 사 먹으면서 모은 돈으로 누나 목도리 사준 거야. 지금 생각하니까 울컥하네. 이건 빼앗긴 게 아니고 내가 준 거지만."

평소 같았으면 그 말에 "야, 그건!"이라고 하면서 바로 공격태세를 취했을 텐데, 그의 말이 구구절절 다 맞았기에 가만히 있었다.

그럼 내가 준 건 뭐냐 물으니, 이번엔 고민이 길다. 길어지는 침묵에 괜히 마음이 찔려 목이 탔다. 내가 그렇게 나쁜 누나였나 싶어서.

"누나는 나를 깨웠지. 뒤늦은 사춘기로 정신 못 차릴 때 손을 내민 조언자였고, 찾아온 기회 앞에서 망설이는 나를 강하게 밀어준 사람이기도 하지. 덕분에 영국에 가서 공부도 해보고, 용기 내서 유튜브 채널도 열어보고."

나도 찬이 내게 빼앗은 것을 떠올려 보는데 차마 입을 뗄 수가 없었다. 이제 와 돌아보니 찬이 내게 빼앗은 것보다 준 마음이 더 많았다는 걸, 어리다고만 여겼던 찬에게 지나고 보니 내가 얻은 품이 더 많았다. 매번 동생에게 엄마의 사랑을 빼앗겼다고 생각했는데, 나는 무엇 하나 양보한 게 없는 풍족하고 미련한 첫째였다. 부끄러운 마음에 내가 할 수 있는 거라곤 그냥 어깨를 툭 치며 고맙다고 말하는 것뿐이었다.

걷는 동생의 뒷모습을 보는데, 이제는 제법 어깨도 팔도 단단해졌다. 여리여리했던 얼굴에도 힘이 생겼다. 너는 많이 달라졌구나. 내가 돈을 벌기 시작하고 찬이 영국에 다녀오고, 우리 사이에 몇 년간의 시간적 거리가 생긴 이후라 그런지 더더욱 크게 다가왔다.

같은 품에서 나고 자랐지만 이제 우린 서로가 어떤 하루를 맞이하는지, 어떤 이들을 곁에 두고 사는지 잘 알 수가 없다. 매일 보는 회사 동료들의 안부보다 동생의 안부를 더 모를 때가 대부분이니까. 어릴 적, 내가 몇 반인지 맨날 헷갈려하던 아빠 마음이 이런 거였을까, 찬의 뒷모습을 보며 생각했다. 하지만 나는 알고 있다. 비록 늘 함께하지는 못해도 찬은 어디서든 누구와도 잘 지낼 거라는 걸. 쉽게 부러지지 않고, 건강하며, 밝고 단단할 거라는 걸.

오랜 시간을 엉켜 자란 남매 사이엔 말로 설명하기 어려운 강한 믿음이 있다. 긴 시간 뺏고 빼앗기며 매번 투닥거려 왔을지라도 그 속엔 세상에 나와 가장 닮은 사람이 존재한다는 어떤 안도감, 서로가 아주 못날 때에도 늘 어딘가 가까이에 있어줄 거라는 믿음이 있다.

이름도 어려운 여행지의 길을 나란히 걸으며 생각했다. 우리는 앞으로도 잘 지내겠구나. 삶에서 어떤 언덕을 만나더라도 지금까지의 우리처럼, 농담 한번 던지고 어깨 한 번 툭 치면서 이겨낼 수 있겠구나. 언제 이렇게 컸나 싶다가도, 든든한 친구가 되어줘서 고맙다가도. 빼앗아서 미안하다가 또 빼앗겨줘서 고맙다가도.

때론
누군가의 이름이 적힌 벤치를 만났다

_____ *Edinburgh, United Kingdom*

유럽의 길을 걷다 보면 때론 누군가의 이름이 적힌 벤치를 쉽게 만날 수 있었다. 그냥 지나칠 수 없던 건 아름다운 장소마다 벤치가 있어서기도 하지만, 누군가의 이름이 적힌 이름표 때문이기도 했다. 'in loving memory'로 시작되는, 알지 못하는 그리움이 잔뜩 묻은 문장들. 이름표에 새겨진 글자를 손끝으로 따라 만져보면, 오랜 시간 비와 바람을 맞아 일어난 나무의 오돌토돌한 결이 전해진다. 그럼 모르는 이의 이름이 새삼 가깝게 느껴지는 것 같았다. 사라졌지만 언제까지고 잊히지 않는다는 거, 누군가의 기억 속에서 영원히 사랑받는다는 건 이런 오돌토돌한 감정인 걸까.

하루는 어느 교회의 벤치에 앉아 있는데, 고양이 한 마리가 곁으로 다가왔다. 그 넓은 마당에서도 내 앞에 콕 집어 자리를 틀곤 꾸벅꾸벅 졸음을 쏟아냈다. 교회 마당에서 만나는 고양이는 유난히 반가웠다. 꼭 그리운 누군가의 이름이 적힌 벤치를 알고 찾아온 것 같아서.

벤치에 이름이 적힌 그는 알지 모르겠다. 지구 반대편에서 날아온 내가 당신의 벤치에 앉아 잠시 쉰다는 걸, 털이 고운 고양이가 햇빛을 받으며 나른함을 쏟아내고 있다는 걸. 그래서 우리가 당신 모르게 또 다른 포근한 기억을 갖게 되었다는 걸.

가족의 무덤을 가려면 차를 타고 족히 몇 시간을 가야 하는 나의 세계와는 달리 유럽은 어느 도시에든 누군가의 무덤을 만날 수 있었다. 영국 에든버러에는 도로 하나를 사이에 두고 아파트와 뉴잉턴추모공원이 마주보고 있는데, 그 이질적인 풍경 사이로 길을 건널 때는 내가 마치 생과 사를 건너는 유일한 사람이 된 것 같기도 했다.

함께하던 동네에서 나무로, 벤치로, 공원으로 누군가와 함께한 기억을 안고 살아간다는 건 어떤 걸까. 사랑하는 이와 함께했던 기억과 떠나보낸 이후의 아픔이 한데 엉켜서 또다시 연결되어 서로 떨어질 수 없는 삶이란 무엇일까, 횡단보도를 건너며 생각하다가 문득 잊고 있던 아주 오래전 기억 하나가 두둥실 떠올랐다.

한때 삶에서 도망가고 싶었던 적이 있다. 전학 간 학교에서 공개적으로 구석에 몰려 욕을 먹은 다음 날이었는데, 답답한 마음에 아파트 옥상에 올라가 저 멀리 학교만 내내 바라보곤 했다. 그러다 가끔은 오른손을 쭉 뻗어선 머리에서 기어 나온 이 벌레를 툭 터트리듯 엄지손톱으로 학교를 꾹 눌러보기도 했다.

사실 어디로 도망가야겠다는 용기도, 의지도 없었지만 '여기서 떨어지면 어떨까'라는 생각을 잠시 했고, 그러다 '그럼 엄마는 얼마나 울까' 싶어 난간에서 내려와 한참을 하늘만 멍하게 보던 날이 있었다. 그러니까 사랑받았던 어떤 기억이 한 사람을 구한 날이기도 했다. 목구멍까지 차오르는 외로움 속에서 사랑받은 기억을 구명조끼 삼아 떠오를 수 있던 날.

시간이 아주 오래 흘러서 잊고 지낼 만큼 괜찮아진 어느 날, 오돌토돌한 누군가의 이름들을 스쳐 지나가며 생각했다. 당신은 사랑받았던 사람이구나. 누군가의 기억 속엔 여전히 사랑으로 기록되어 있겠구나. 슬프지만은 않은 안녕이겠구나. 그래서 여행 중에 누군가의 이름이 적힌 벤치를 만날 때면 꼭 그의 이름을 손끝으로 어루만지곤 했다.

살다 보면 누군가에게 기억된다는 것만으로 충분한 순간이 한 번쯤 찾아온다. 혼자라고 생각했지만, 그래서 나 혼자 힘없이 흩어질 것 같았지만, 사랑하고 사랑받았던 기억은 사라지지 않고 누군가를 꼭 지키는가 보다. 성당에서 만났던 수많은 촛불처럼, 눈을 감고 손을 모아 기도를 올리는 사람들의 뒷모습처럼. 후 불면 꺼져버릴 연약한 불빛이고, 돌아서면 잃어버릴 뒷모습이지만 그 속에 담긴 사랑으로 우린 서로 지켜질 테니까.

세상은
낮은 시선으로 걸어야 해

_____ *Paris, France*

내 생일을 맞아 배부르게 저녁을 먹고 영화관에 갔던 날, 한창 영화를 보는데 의자 아래로 발이 뜨끈뜨끈했다. 묘하게 달라진 발의 감각에 만져보았더니, 왼쪽 발이 성냥의 머리처럼 부풀어 서는 빨갛게 변해 있었다. 급하게 집에 돌아와 찬물에 담가도 보고, 발을 높은 곳에 두고 있어 봤지만 소용없었다. 일단 오늘 밤만 지켜보자 했던 발은 다음 날이 되니 붓다 못해 부풀어 오르기까지 했다. 하루아침에 달라진 몸의 변화에 그제야 두려움이 몰려왔다.

병원에 가보니 봉와직염 직전이라고 했다. 발 상처는 원래 잘 생겼다 금방 낫는 거라고 해도, 전부터 계획해 둔 긴 여행이 마음에 걸렸다. 속이 쓰리지만 심해지는 발의 붓기에 비행기 티켓을 취소해야 하나 고민했는데, 많이 걷지만 말라던 의사 선생님의 OK 사인을 받고, 급한 대로 얼음 팩을 발에 묶어선 부랴부랴 공항에 갔다. 물론 그 상태로 괜찮을 리 없었다. 걸을 때마다 힘이 들어가지 않아 자꾸 절뚝거리는 발 때문에 탑승 전까지만 쓸 요령으로 휠체어를 빌렸다. 확실히 앉으니 다리에 부담이 덜 되어 살 것 같았다. 처음 타보는 휠체어는 신기했고, 누군가 밀어 줘 편했지만 그것도 잠시 금방 모든 게 더 피로해졌다.

정말이지 몰랐다. 휠체어에 의지해 넓은 공항을 왕복으로 가로지르기 위해선 엄청난 팔 힘이 필요하다는 걸. 바쁘게 움직이는 사람들 손에 맞지 않도록 신경 써야 한다는 걸. 유심칩 하나 픽업하는 게 그토록 땀이 나고 시간이 걸릴 일인지. 바퀴를 밀다가 쉬고, 밀다가 쉬며 돌아왔더니 수속대에 들어가기도 전에 힘이 다 빠져버렸다.

휠체어에 타니 곁에서 걷는 사람의 움직임 자체에도 신경을 바짝 쓰게 됐다. 때로는 성인 어른의 손끝에 내 얼굴이 있었고, 누군가 아무 생각 없이 흔들던 팔에 한순간도 긴장을 놓을 수 없었다. 공항엔 바쁘게 움직이는 사람이 많았고, 그날 몇 번이고 사람의 손에 얼굴을 맞고 나니 맞은 자리에 두려움이 피었다. 두 발로 서 있던 세계에선 절대 알 수도, 느낄 수도 없는 기분이었다. 시선이 다르다는 게 이렇게나 두려운 일이었다.

나의 일정은 인천에서 출발해 대만을 경유하고 파리까지 가는 비행이었다. 인천에서만 휠체어를 빌린 줄 알았는데, 항공사에 자동으로 연계가 되는 듯했다. 경유지에 도착하자마자 공항 직원분이 휠체어를 준비해 기다리고 계셨는데, 그러고선 승객은 알지 못하는 비밀문 어딘가로 내가 탄 휠체어를 빠르게 밀고 나갔다. 처음 가는 길, 성급한 속도. 평소 같으면 아무렇지 않았겠지만 랜덤으로 등장하는 사람들의 손에 또 맞을지도 모른다는 공포가 생겼다. 무엇보다 낯선 공간에서 낯선 사람이 끌어주는 방향으로 따라만 가야 한다는 게, 어디로 가는지도 모르는데 일단 밀어주니까 가야 한다는 게 마음을 무겁게 했다.

　경유지에서 파리로 가는 마지막 비행기에선 발이 다시 부어오르기 시작했다. 다행히 옆자리가 비어 다리를 옆으로 쭉 뻗을 수 있었고, 또 직원분의 성실한 배려로 얼음도 받아 열감을 내릴 수 있었다. 그러면서도 낯선 공간에 민폐가 되고 있다는 생각을 떨칠 수가 없었다. 발을 올릴 수 있게 여분의 담요를 쌓아주는 것에 대한 고마움, 그와 동시에 나는 보통의 여행길에서 왜 이러고 있나 싶은 후회와 더불어 미안함까지, 복합적인 감정이 밀려왔다.

　파리 공항에 도착해서도 모르는 이의 손에서 손으로 옮겨졌다. 타국의 낯선 공간에서 나로서 할 수 있는 건 없었다. 직원의 도움으로 짐을 찾고, 휠체어를 반납한 뒤 캐리어에 기대 다시 어설프게 두 발로 섰다. 그제야 지나가는 사람들과 시선이 맞았다.

그날에야 처음 알게 된 것이다. 사람들과 시선이 맞지 않을 때 드는 두려움과 불편함을. 고작 스무 시간도 안 되는 짧고 작은 시간이었지만, 세상의 시선이란 얼마나 높은 곳에 있는 것인지, 아주 조금은 알 것도 같아 괜한 열감이 느껴졌다.

보름 정도 지나면서 발은 천천히 가라앉았다. 약을 꾸준히 먹으면 괜찮을 거라던 선생님을 말이 맞았다. 나는 다시 내가 원하는 방향으로 걸을 수 있게 됐지만, 예전만큼 팔을 씩씩하게 흔들며 걷기에는, 또 급하게 방향을 휙 돌리기에는 문득 망설여졌다. 나의 손끝이 누군가의 시선이 닿는 곳은 아닐까 하는 생각에 자주 갓길로 멈춰 서곤 했다.

세상은 낮은 시선으로 걸어야 하지 않을까. 키가 작은 어린이를 볼 때마다, 문 앞에 놓인 턱을 볼 때마다, 엘리베이터가 없는 건물에 들어갈 때마다 생각한다. 세상이 아무리 빠르게 흘러도 세상은 누군가를 기다리는 쪽으로 걸어야 한다고 말이다.

인도의 아이들은
나를 보고 웃지

_____ Varanasi, India

길을 걷는데 누군가 뒤에서 팔꿈치를 톡톡 쳤다. 처음 보는 아이였다. 하얀 이를 드러내고 웃으면서, 내 손에 든 카메라와 자신을 번갈아 가며 가리켰다. 자신을 찍어달라며. 낯선 상황에 나는 잃어버린 게 없나 주머니부터 확인했는데, 그 애는 그런 나를 보고도 그냥 웃기만 했다.

어디를 가도 인도 아이들은 카메라만 보면 방긋 웃었다. 웃을 수 있는 최대한의 크기로. 어금니가 보이게 입을 벌리다 침을 뚝 떨어뜨리곤 혼자 화들짝 놀래던 아이도 있었다. 길가 건너편에서 번쩍 든 양팔을 흔들며 춤추던 꼬마도 있었고, 릭샤를 타고 달리던 도로 위 오토바이에서 웃으며 손을 흔들던 꼬마도 있었다.

금방이라도 톡 쏟아질 것 같이 크고 맑은 눈, 긴 속눈썹, 까무잡잡한 피부 속 숨겨놓은 하얗고 예쁜 미소. 그들은 처음 보는 사람이 누군지, 어디에서 왔는지도 모르면서 선뜻 손을 내밀었다. 간혹 팔꿈치를 살짝 치거나, 저 멀리서 숨을 헉헉 몰아쉬듯 달려와 놓곤 아무 말 못하고 다리를 배배 꼬기도 했다. 그러다 약간의 부끄러움이 숨어들면 다가와 사진을 찍어달라고 했다.

처음엔 혼자 와서 찍어달라고 하다가, 갑자기 뛰어가 다른 친구를 데려와 어깨동무를 했다가, 다시 또 다른 애들을 데리고 오고. 그렇게 우리는 자주 골목에 주저앉아선 함께 뷰파인더를 보며 꺄르르 웃었다. 생명력이 가득한 아이들이 뛰어올 때면 나도 모르게 자꾸만 사르르 웃음이 났다.

"인도 사람들은 사진에 자신의 영혼이 기록된다고 생각해."

바라나시에서 길을 안내해주던 인도 친구가 말했다. 그래서 언제든 종종걸음으로 달려와 사진을 찍어달라고 하는 거라고. 낯선 사람은 경계하고 조심해야 하는 게 내가 살던 사회의 규칙이었다면, 그 애들의 빛깔은 조금 달랐다. 물론 평범한 일상 속 외국인의 등장이 주는 생경함이 있었겠지만, 그저 내가 사람이기 때문에 반겨주고 웃어주는 따스함이란. 어리고 순수하고 그래서 풍성해지는 그들의 마음 앞에 우리가 서로를 알아가는 깊은 즐거움만 남았다.

꼬마들은 아무도 사진을 달라고 하지 않았다. 내내 그저 웃기만 하면서 사진을 찍고, 찍은 사진을 길에 주저앉아 같이 구경하고, 너 눈 감았다며 히히 소리 내 웃기만 할 뿐.

여전히 인도만 떠올리면 마음이 사르르 풀린다. 바라는 것 없이 웃어만 주던 아이들 덕분에. 적어도 그 순간만큼은 세상의 모든 편견과 장벽에서 벗어나 함께 웃을 수 있었다. 다정한 사람의 온기를 흠뻑 나누며 우리가 같은 사람이라는 게, 그래서 이 마음을 숨김없이 솔직하게 나눌 수 있다는 게 이상하게 뜨겁던 날들. 사진 속 아이들은 잘 지내고 있는지 문득 궁금해진다.

'너희는 아마 영영 모르겠지. 너희가 내게 떼어준 조각이 얼마나 큰 건지, 얼마나 단단한지, 또 얼마나 아름다운 마음인지.'

나는 오래오래
이날을 기억할 거야

_____ *Bremen, Germany*

현관문을 벌컥 열어두고 사는 어린 시절을 보냈다. 당시 나와 함께하던 꼬마들은 서로의 집을 제집처럼 넘나들며 놀았다. 우르르 몰려선 아무 집에 들어가 디즈니 비디오를 봤고, 또 밥이며 간식이며 나눠 먹으면서 지냈다.

2002년 월드컵 때도 그랬다. 당시 빌라 지하에 사랑방 노릇을 하던 작은 세미나 룸이 있었는데, 어른들은 그곳에다 큰 스크린을 설치해 축구를 봤다. 옆집, 아랫집, 305호 언니네, 103호 막내네까지 모두 모여서. 꼬마들이 빨간 옷을 맞춰 입고는 집집마다 벨을 눌러 축구를 보러 가자고 소리 지르면, 어른들은 손에 콜라나 과자 같은 간식을 들고 스크린 앞으로 옹기종기 모였다. 무섭게 생긴 옆옆집 아저씨가 얼굴에 싸구려 판박이를 붙이고 나왔을 땐, 뒤에서 얼마나 킥킥 웃었던지.

사실 월드컵이 뭔지 잘 몰랐다. 그냥 나라 전체가 어딘가 묘하게 들떠 있었고, 설레는 공기에 건물 꼬마들도 덩달아 즐거웠을 뿐. 자꾸 우리 팀이 이긴다니까, 숙제 안 해도 되니까, 모여서 축구를 본다니까 좋았던 거지. 늘 어른이라고 생각했던 어른들이 빨간 옷을 맞춰 입고선 우리처럼 "대~한민국!" 소리를 지르고 박수 치는 풍경도 신기했다. 어른들도 저렇게 웃고 떠들고 놀 줄 아는구나 싶어서.

집중력이 약한 꼬마들은 축구 경기를 다 버티지 못하고 밖으로 슬금슬금 빠져 나와 뛰어놀았다. 월드컵이 어떤 의미인지도 잘 모르면서 우리만의 방식대로 뜨겁게 구르고 뛰며 놀던 기억.

그날들이 다시 떠오른 건 2014년 여름이었다. 나는 독일 브레멘의 한 캠핑장에 있었고, 마침 독일과 브라질 월드컵 준결승이 있었다. 이따 펍에서 대형 스크린으로 축구를 보니까 시간 되면 꼭 오라는 주인 아저씨 말에, 독일 월드컵을 독일에서 볼 기회가 또 언제 오겠나 싶어 동생 찬과 설레는 마음으로 펍으로 향했다. 우리를 포함해 사람들이 하나둘 등장했다. 숲속 영화관에 초대받은 동물 친구들처럼 스크린 앞으로 옹기종기 모여들었다.

경기가 시작되자마자 독일은 무려 브라질을 상대로 전반전에 연이어 다섯 골을 넣었다. 옆자리 독일 할아버지는 기분이 좋았던지 맥주를 끊임없이 마셨다. 골 찬스가 돌아올 때마다 함께 소리를 지르던 사람들. 끊이지 않는 함성 사이에서 독일 할아버지는 더듬거리며 영어로 자꾸 말을 걸었다. 독일 골키퍼 '노이어'는 절대 한 골도 허용하지 않는다며, 노이어 최고라며, 소리를 꽥꽥 질러가면서. 우리는 그와 함께 골키퍼의 이름을 구호처럼 외치며 박수를 쳤다.

결과는 독일 승. 독일은 브라질을 무려 7대 1로 이겼다. 브라질이 골을 넣으려고 할 때마다 독일의 골키퍼 노이어는 거미손처럼 공을 다 막아냈고, 캠핑장의 사람들은 모두 의자에서 일어나 소리를 질렀다. 서로 이름을 모르는 우리는 마음의 문을 활짝 열고 소리를 지르며 박수를 쳤다. 부슬부슬 이슬비가 내리고 쌀쌀한 바람이 부는 추운 날이었는데도 사람들은 골이 터질 때마다 붉은 얼굴로 소리를 질렀다. "노이어! 노이어!"

그 더운 풍경 속에서 나는 2002년을 떠올렸다. 현관문을 열어두고 지내던 기억. 여럿이 북적거리며 하루를 기록했던 기억. 그날도 이렇게 뜨겁고 온 몸의 피가 붉게 끓는 것 같았는데. 무언가를 함께 응원하고 원할 때 새겨지는 기억은 이렇게 뜨겁고 선명하다.

혼자로서 채워진 삶은 윤택하고 편안하지만, 개인의 세계를 한순간 크게 확장시키는 건 이렇게 만들어 낸 소소하지만 꽉찬 '우리'의 경험이 아닐까. 뜨거운 감정들이 긴장한 마음에 넘쳐흘러 들어올 때, 그래서 단단하고 촘촘한 감정이 결을 이뤄 나를 감쌀 때, 이상하게 그제야 한 폭 자란 기분이 든다. 뜨끈한 비료로 덮인 씨앗이 된 것마냥 가슴 깊은 곳이 따뜻해진다.

그러니 나는 오래오래 이 날들을 기억해야지. 시간이 지나고 신기루처럼 느껴진다고 해도, 여기 어딘가에 새겨진 뜨끈한 기억으로 또 다른 하루를 살아낼 거다.

시선은 결국
아름다움에 맺힌다던데

_____ *Dunkerque, France*

가끔 생각한다. 좋은 시절은 이미 다 지나간 게 아닐까. 적어도 인생에 뭔가 더 있을 줄 알았는데. 이젠 무슨 일이 생겨도 그러려니 하는 직장인이 되어버렸다. 이렇게 사는 게 맞을까 하는 질문이 멈추지 않는, 잘 지내다가도 한 번씩 찾아오는 무기력에 생기를 잃고 마는 사람 말이다.

그런 날엔 지난날 찍은 사진을 펼쳐본다. 그곳엔 웃는 내가 있다. 아름다운 풍경 속에, 세상의 가장 큰 절망이라곤 첫사랑의 실패뿐인 줄 알던 어린 내가 있다. 뭐가 좋은지 말갛게 활짝 웃고만 있다.

그렇게 웃던 시선의 끝엔 늘 아빠가 있었다. 아빠는 사진을 좋아했고, 나는 아빠가 찍어준 사진을 좋아했다. 딸의 가장 친한 친구 이름도 매번 헷갈려 되물을 때가 많았던 아빠지만, 그는 일찍이 알았다. 내가 오른쪽보다는 왼쪽 얼굴을 좋아한다는 걸. 유난히 톡 튀어나온 광대 때문에 햇빛보다는 그늘 속에서 찍는 사진을 더 좋아한다는 걸. 아름다운 풍경을 보면 자꾸 뒷모습을 찍어달라 해놓고 뒤돌아 뛰어가 버린다는 걸.

사진에 대한 우리의 역사를 풀어보자면 할 말이 많은데, 아마 엄마와 동생은 '으~' 하며 고개를 저을지도 모른다. 사진 때문에 우리는 여행만 떠나면 늘 길을 잃어버리는 사람이 되었으니까. 이것도 예쁘고, 저것도 예쁘네. 세상에 신기한 건 너무 많고, 그걸 또 찍겠다고 걸음이 느려지는 사람들. 자신이 원하는 속도로 느리게 느리게, 뚝 떨어져서 다른 곳을 보며 걸었다.

조금 느리고, 잘 기다리던 아빠는 늘 사진보다 먼저 서 있는 사람이기도 했다. 매번 마주한 풍경 앞에 멈춰서는 숨을 참고 가만히 뷰파인더를 응시한다. 그리곤 다다, 셔터를 누른다. 같은 순간을 담아도 아빠 사진엔 생기가 있었다. 더 오래 기다리는 사람은 더 깊은 아름다움을 보는가 보다. 언젠가 덩케르크 바다 뒤로 넘어가는 마지막 노을을 찍고서 아빠가 이런 말을 했다.

"시선은 결국 아름다움에 맺히는 거야."

한번은 이런 적도 있다. 아빠가 인도 출장을 가기 하루 전날, 동대문을 들러 카메라를 사 왔다. 양복 엉덩이 부분이 닳을 때까지도 새 양복은 필요 없다던 아빠가, 맨날 갖고 싶은 거 없냐고 물으면 하나도 없다고 말하던 아빠가 덜컥 비싼 카메라를 사서 왔다. 평소 같았으면 집에 와선 엄마부터 찾았을 텐데, 그날은 거실서 카메라부터 뜯었다.

"여보, 이거 당신 주려고 산 선물인데, 나 내일 인도 갈 때 한 번만 빌려주면 안 될까?"

신나서 카메라를 조립하며 배시시 웃던 아빠. 엄마는 뒷목을 잡고 몇 마디 하다가 결국 말았는데, 지나고서야 알았다. 그날은 아빠 삶에서 유난히 굴곡졌던, 그러니까 마음이 부서진 날이었음을.

돈을 벌기 시작하며 아빠가 보였다. 직장인이란 매번 성과를 내야 하고, 상사와 동료들 사이에서 늘 애쓰는 사람이어야만 했다. 일은 할수록 늘어나고, 때로는 길을 잃어버린 부수적인 일도 해야 하고. 그래도 나는 나만 먹여 살리면 되는데, 한두 달만 허덕이면 사고 싶은 거 살 수 있는데. 세 명의 가족을 먹여 살리던 아빠는 어땠을까.

누구에게나 그런 날이 있지 않을까. 내가 아무것도 아닌 것 같아서 견딜 수 없는 날. 지나온 시간을 모두 취소하고 싶어 무작정 도망치고 싶은 날. 나는 그럴 때 아빠에게 전화를 건다. 누군가 너무 미워서 견딜 수 없을 때도, 티 내기는 애매한데 잊고 가기엔 서러울 때도 아빠가 "괜찮아"라고 하면 정말 나는 좀 괜찮아지는 것 같은데. 아빠는 그런 날 어디로 갈 수 있었을까.

그래서 사진을 찍었을까. 엄마랑 산책을 하면서 꽃을, 하늘을, 거리를, 우리를. 사랑하는 걸 담다 보면 굳었던 아빠의 입꼬리도 조금은 펴지는 것 같았다. 아빠가 찍어준 사진을 보고 있으면 소리도 들리는 것 같다. "여기 봐. 하나! 둘! 셋! 크, 예쁘다!" 하던 아빠의 목소리가.

시선은 결국 아름다움에 맺힌다던데 아빠의 카메라 끝엔 언제나 내가 있었다. 그 사실만으로 위안받는 밤이 있다. 흔들리고 바스러지는 마음에 금방이라도 어둠 속으로 도망치고 싶을 때 내가 누군가의 시선 끝에 있었다는 이유만으로 살아갈 수 있을 것 같은 밤이.

다시 세우다:
친구에게 전하는 편지

_____ *Dresden, Germany*

사랑하는 친구에게.

　드레스덴은 아름다웠어. 네가 하도 좋다 좋다 귀에 닳도록 얘기해서 예쁘면 얼마나 예쁘다고 싶어 반쯤 오기로 찾은 도시였는데, 쓸데없는 자존심 안 부리길 잘했단 생각이 들더라. 드레스덴, 이름만큼 도시의 분위기도 참 우아했어. 줄지어진 고풍스러운 건물들에 중세시대 귀족이라도 된 것 같아서 정말 드레스라도 입어야 할 것 같았거든.

　사실 어쩌다 온 거라 여기서 뭘 하고, 뭘 봐야지 하는 정해진 계획은 없었어. 옆 동네 놀러 온 듯이 그냥 그렇게 걸었던 것 같아. 생각보다 관광객이 꽤 많더라. 드레스덴 법원 뒤에 펼쳐진 거대한 벽화가 네가 말했던 '군주들의 행진' 맞지? 정말 길이가 어마어마하더라. 사진에 담기 어렵다는 너의 말이 그제야 이해 됐어. 그땐 네가 사진 찍는 능력이 부족해서 그런 거라 놀렸는데, 역시 사람은 직접 경험하지 않고선 내 것마냥 공감할 순 없나봐.

벽화 앞에서는 카메라를 하나씩 목에 건 사람들끼리 모여 가이드의 설명을 듣는데, 그들의 표정이 너무 심각해 보여 나도 괜히 궁금하더라. 대체 저 벽화에 어떤 이야기가 숨겨져 있기에 사람들은 하나같이 무거운 표정을 짓고 있는 건지. 근데 있잖아, 이곳을 둘러볼수록 아무 정보 없이 여길 온 게 다행이다 싶었어. 맘껏 상상할 수 있었으니까. 벽화, 성, 거리의 돌멩이 하나까지. 모든 것이 상상의 재료가 되었거든.

그렇게 벽화를 뒤로 하고 다시 산책을 시작했어. 조금 더 걸으니 네가 드레스덴을 말하면서 알려준 교회가 나오더라. 첫인상은 그저 그랬어. 이전 도시에서 더 화려한 성당을 보고 와서 그랬나봐.

있잖아. 처음 너를 만났을 때, 부족함 없는 집에서 귀하게 자란 애라 생각했어. 친구들을 잘 이끌기도 했고, 무작정 밝기만 해서 그랬을까. 다른 애들에겐 없던 여유가 느껴졌던 것 같아. 친구들 사이에서 너는 꽤나 웃긴 친구로 통했지. 씩씩하게 들리는 큰 목소리에, 장난기 많은 애.

내가 너를 좋아하게 된 건, 대학교에 입학하고 반년쯤 지나서였던 것 같아. 우린 서로 다른 도시에 살았지만, 거의 매일같이 연락을 했잖아. 그때 대학생이 무슨 큰돈이 있겠어. 너나 나나 둘 다 적은 용돈을 받는 학생이었는데, 너는 그 용돈의 반을 떼어 각자 사정이 있는 친구들을 모아 민망하지 않게 한턱을 쏘더라. 이번 달 알바비를 두둑하게 받았다는 둥, 형이 첫 월급을 받아서 용돈을 줬다는 둥.

그랬던 네가 나와 친구를 한 지 10년이 조금 넘었을 때, 드레스덴을 꼭 가보라고 귀에 딱지 앉도록 말했을 때, 여행을 며칠 앞둔 내게 넌 그 이야기를 했지. 사실 너는 내가 아는 만큼 좋은 사람이 아니라고. 처음엔 무슨 소리를 하는가 싶어 이해가 안 됐는데, 사실은 좀 무서웠던 것 같아. 나는 너를 좋아했으니까. 우리 사이의 좋은 마음을 깨고 싶지 않았거든.

그때까지도 정말 몰랐어. 네가 이유 없는 왕따를 당했다는 걸. 그래서 여전히 그 기억들이 이어져 힘들어한다는 사실을. 네가 말했듯 두 번의 전학 때문에 학창시절이 힘들었겠단 예상은 했지만, 현실은 늘 예상을 뛰어넘더구나.

열다섯, 전학을 가자마자 넌 괴롭힘을 당했다고 했어. 몇 번은 화장실로 불려갔다고도 말하면서. 네 얘기를 듣는데 같이 눈물이 나더라. 왜 먼저 알아주지 못했을까 싶어서 괜히 내가 미워

지더라. 나도 비슷한 경험이 있었으니까.

그런데 내게 더 아픈 말은 아직이었어. 열일곱, 네가 두 번째 전학을 갔을 때. 처음 말을 걸어준 아이들을 따라 누군가를 모른 척할 수밖에 없었다고 고백했을 때, 나도 모르게 소리 내 엉엉 울고 말았어. 물론 너도 울기 시작했지. 눈이 빨개지고, 호흡이 가빠졌고, 목소리가 일그러졌어.

그런 네게 물었지. 왜 그랬냐고. 너만큼은 소외당하던 애 편에 섰어야 하는 거 아니냐며. 그러자 너는 힘겹게 말을 이어갔어. "정말이지 그럴 수가 없었어. 네 말대로 누구보다 내가 그 두려움을 아니까, 예전으로 돌아갈 수도 있겠다는 생각에 정말 무섭더라고. 처음에는 용기를 내서 그들에게 그러지 말라 말려도 보고, 왜 그래야 하냐고 물어도 봤어. 하지만 통하지 않았지. 반복되는 나의 말에 돌아오는 건, 욕과 싸늘한 눈빛뿐이었고."

7년이나 지난 이야기에 너는 엎드렸고, 어쩔 줄 몰라하면서 떨더라. 엎어진 너의 등을 쓸며 나도 함께 울었어. 왜 우리는 이렇게 되어야 했을까. 물론 모른 척한 것도 잘못이지만, 그 잘못이 오로지 너의 것이라고 할 수 있을까 하는 생각에 숨이 막혀 왔어.

있잖아. 프라우엔 교회는 2차세계대전 때 폭격으로 산산조각이 난 교회라고 하더라. 교회 앞에서 어떤 할아버지가 말해주셨어. 그래서 벽의 색깔이 얼룩덜룩한 거라고. 교회의 일부만 부서져 다시 복원하는구나 싶었는데, 거의 대부분이 파괴되었더라고. 형태만 남은 일부를 중심으로, 교회가 완전히 다시 세워진 거였어.

전쟁이 끝나고서 드레스덴 사람들은 무너진 교회의 돌들에 번호를 매겨 모아 오랜 시간 보관했대. 언젠가 이 교회가 다시 세워지기를 바라는 마음으로. 그 얘기를 듣는데 눈물이 날 것 같았어. 무너진 교회를 보며 다시 세우겠다는 다짐을 했을 마음과 무너진 교회지만 언젠가 세워질 거라는 누군가의 간절한 믿음 때문에.

교회 앞에는 큰 기념품 가게가 있는데, 복원을 위한 기금을 모으기 위한 곳이래. 가게엔 엽서부터 비싼 손목시계까지 무너진 교회의 그림을 담아 판매하고 있더라고. 이렇게 오랜 세월 동안, 교회는 누군가에 의해 다시 세워지고 있던 거야. 사람들은 무너진 중심을 향해, 또 다른 무언가를 위해 다시금 벽을 세워 나간 거지.

궁금해지는 게 있어. 과거에 내가 소외당할 때 방관하던 애들 중 하나라도 너처럼 나를 잊지 않고 아파해주고 있을까. 그러지 않을 걸 알아서 오래 슬펐는데, 너의 고백을 들으며 나는 받을 수 없을 사과를 받는 것 같았어. 그래서 나는 지금 이 교회 앞에 앉아 너에게 편지를 쓰고 있는지도 몰라. 언젠가 열일곱에 만난 그 아이를 찾아가 진심으로 사과하고 싶었다고 했던 너. 그 아이가 받아주지 않아도 좋으니, 진심으로 사과하고 싶다던 네 마음. 그냥 조용히 알 것만 같았어. 그래서 이렇게 긴 편지를 써. 네게 보내기 위해서.

이 교회의 이야기를 다시 너에게 해주고 싶었어. 그리고 묻고 싶었지. 꼭 답을 하지 않아도 괜찮아. 너는 무엇을, 다시 세우고 싶니?

사람은 누군가를 사랑해야만 하고,

그래서 그리워할 수밖에 없는 존재들이 아닐까.

좋았던 조각을 증표 삼아 오늘을 살아내는,

연약하지만 따스한 존재 같다며

액자 속 환하게 웃는

가족의 모습을 보며 생각했다.

때로 창은 액자가 되어

여행지에서 날아온
엽서

_____ *Daegu, Korea*

누군가 내게 여행을 하며 가장 설레는 순간을 물어본다면 '여행에서 막 돌아와 집 우편함에 꽂힌 형형색색의 엽서들을 마주할때'라고 답한다. 무거운 배낭을 메고선 손엔 이런저런 짐이 한가득. 그러면서 한 손으로 우편함에 미리 도착한 엽서를 겨우 꺼내읽으며, 오래 비워뒀던 집으로 올라갈 때. 나는 그때가 가장 설렌다. 여행은 끝났지만, 여전히 남아 있던 아쉬움에 잔열이 다시끓어오르는 순간.

여행만 떠나면, 여행을 마쳤을 미래의 나에게 엽서를 보냈다. 처음엔 그저 여행을 기념할 수 있는 게 뭐가 있을까 고민하다가, 뭔가 특별하게 기억될 수 있는 걸 모으고 싶다는 생각에 시작한일이었다. '여행을 하고 있는 지금'을 수집하자는 아이디어가 번

뜩였고, 나의 엽서 여행은 시작됐다.

새로운 도시에 도착하면 가장 먼저 상점에 들러 엽서와 국제 우표를 사는 것으로 여행을 시작했다. 엽서대를 빙글빙글 돌려가며 마음에 드는 엽서를 고르면 왠지 마음이 놓였다. 이제 기념품 가게는 기웃대지 않아도 되니까. 그저 하루 중 언제든 마음이 동하면 엽서를 써서 한국으로 부칠 수 있었으니까.

여기에는 나름의 규칙이 있었는데 하나는, 엽서는 꼭 엽서를 쓴 나라에서 붙이는 거였다. 한번은 제때 엽서를 보내지 못하고 떠났는데, 게스트하우스에서 우연히 만난 여행자가 내가 떠나온 나라로 간다고 해서 엽서를 쥐여주며 우체통에 넣어 달라 부탁한 적도 있다. 지금 와선 그게 뭐라고 굳이 그렇게까지 했나 싶지만, 여행 중엔 작은 것에도 의미를 부여하게 되니까. 우표에 찍힌 날인은 뭐랄까, 꼭 내가 정말 그곳에 있었다는 증명서 같았다.

다른 하나는 엽서에 날짜는 따로 적지 않았다는 거다. 처음엔 들쑥날쑥 도착한 엽서를 받아들고 언제 쓴 건가 끼워 맞추느라 애를 먹었는데, 이런 것도 꽤 재밌었다. 어떤 엽서를 집어도 여행이 다시 시작되는 기분이었으니까. 물론 모든 엽서가 한국으로 무사히 온 것만은 아니다. 아무리 기다려도 결국 도착하지 않았던 엽서도 있다. 아마 그들은 나를 대신해 저마다의 여행을 계속하고 있겠지.

얼마 전엔 시간도 장소도 삐죽빼죽, 지금까지 모아둔 엽서들을 읽는데 공통점 하나를 발견했다. 엽서 말미엔 같은 질문들이 반복되고 있었다. 여행이 끝난 후에 나는 조금 더 나은 사람이 되었는지, 이 여행에서 무엇을 얻었는지 스스로에게 던지던 것들이었다.

뭐가 그렇게 조급하고 궁금했던지 매번 잊지도 않고 성실히 질문을 남겼다. 지금 와서 대답해 보자면, 여전히 잘 모르겠다. 좀 생각해 보는 척하다가 '이게 뭐가 중요해!' 하며 금방 포기하곤 했으니까.

하지만 하나 분명한 건 여행 후에 이 엽서들이 내 손에 남았다는 거다. 멀리서 오느라 귀퉁이가 무르고, 잉크가 번져 까맣게 오기도 했는데 못나 보여도 제각기 예쁘다. 디자인이 다 다른 엽서의 형태도, 증명서처럼 찍힌 날인도. 그리고 괜히 사춘기 애처럼 자신이 뭐라고 하는지도 제대로 모르면서 센치한 질문만 던지고, 속닥속닥 뭐든 써서 오늘로 보낸 나의 촌스러움이 말이다.

엽서의 순간들

어제는 하늘에 구멍이 뚫린 듯 비가 내렸어. 색깔이 화려한 우비를 입고 거리를 걷는데, 지나가던 사람들이 막 웃더라. 바보 같아 보였던 걸까. 기분 좋게 비를 맞는 가족들을 보다가 나도 모

르게 의미 없는 남의 시선에 자꾸 나를 맞추려는 모습을 발견
했다.

-Oslo, Norway

노트르담 대성당의 장미창은 언제 보아도 아름다워. 장미창을
보고 있으면, 나도 저렇게 아름다울 수 있을 것만 같아. 언젠가
나도 이곳의 장미창같이 근사한 무언가가 될 수 있을까?

-Paris, France

기쁜 날엔 아무 것도 남기지 않으면서, 서걱서걱한 기분은 왜
다 기록하는 걸까. 취업을 하면 좀 안정이 될까? 그래도 불안
하지만 떠나오니 행복하다. 앞으로의 나는 계속 그럴 것 같아.

-Amsterdam, Netherlands

오늘 간 성당엔 이렇게 적혀 있었어. 네가 누구든 상관없이 우리
는 너를 환영한다고. 순례자이든, 방문객이든 상관없이 환영한
다고.

-London, United Kingdom

여행 끝에 얻은 이 엽서들은 어쩌면 내가 어떤 모습이던 상관
없이 환영할 수 있게 되었다고, 내가 나에게 건네는 위로일지도

모르겠다. 그때는 스스로가 뭐가 그리도 못 미더웠는지, 같은 질문만 반복하던 나와 여행에 돌아와선 '에라 모르겠다' 까먹어 버리는 나 사이에 '그럴 수 있지' 인정할 수 있는 틈 하나가 생긴 느낌. 그래서 나는 그때가 가장 설렌다. 모든 여행이 끝나고 집에 돌아와 우편함에 꽂힌 엽서를 꺼내 읽을 때. 서로 다른 타임라인에서 찾아 헤매던 답이, 결국 오늘의 나에게 있을 테니까.

나를 아껴줘서
고마워

_____ Moskva, Russia

"띵동."

물건을 주문한 적이 없는데, 우체부 기사님은 지금껏 본 적 없는 특이한 박스를 대뜸 내 품에 안겨주고 가셨다. 느낌에 이건 번지를 잘못 찾았다는 확신이 들려는데, 'Почта России(러시아 우체국)?' 낯설지만 바로 읽히는 단어. 러시아에서 날아온 택배였다. 주소를 읽어보니 러시아, 모스크바. 그 순간 단 한 명의 얼굴이 머리를 스치면서 놀라워 웃음이 터졌다. 오래 알고 지냈으나 지금은 잘 보지 못하는 친구였다.

내 생일을 며칠 앞둔 7월, 파란 줄무늬 박스는 한여름의 무더위를 이겨내고, 러시아에서 한국까지 그 먼 길을 날아왔다.

박스를 열어야 하는데 어찌나 테이프를 많이 둘렀는지. 칭칭 두른 모양이 딱 그 애다웠다. 박스 속은 더했다. 대체 신문지는 또 몇 장이나 두른 건지 빼곡하게 적힌 러시아 신문을 꺼내는데, 순간 러시아 교환학생을 다녀왔던 시절로 복귀한 것만 같았다. 이러다 언제 다 열어보나 싶어 냅다 박스를 뒤집어 쏟아내는데, 구겨진 신문 사이사이로 포장한 물건들이 나타났다.

'그래, 너는 그런 애였지. 되게 투박한데 세심하던 애. 얼마 전 전화에선 내 생일을 모른 척하더니, 이렇게 선물을 잔뜩 보내다니.'

박스에는 초상화 한 장, 작은 시계 하나 그리고 러시아 초콜릿이 종류별로 들어 있었다. 가장 먼저 초상화를 꺼내 보았다. 단번에 '이건 아르바트 거리에서 그린 초상화겠다' 싶은 생각이 들었다. 거리의 화가들이 복작이는 러시아의 중심 거리. 러시아에 있을 때는 돈도 마음도 촉박해선, 몇 번이고 그릴까 말까 하다가 뒤돌아 오곤 했는데. 그런 내게 "초상화 가지고 있으면 짐만 된다"고 말해놓곤, 깜짝 선물로 보내버리다니. 신난 마음에 이내 그에게 카톡을 했지만, 시차로 바로 답장을 받진 못했다. 그리고 몇 시간 뒤에야 답장이 왔다.

'잘 도착했어? 말하고 싶어 혼났네. 생일 축하해!'

그제야 듣는 비하인드 스토리. 그는 내 그림을 그리기 위해 아르바트 거리에 이젤을 펴놓고 앉은 화가들 사이를 기웃거리

며 그림을 살폈단다. 골목을 두 번이나 걸으며 곁눈질로 고민하고선, 한 화가에게 내 사진을 슥 보여주고 그려달라 했다고. 그림이 완성될 때까지 옆에 내내 서 있었다고 하니, 아마 땀을 뻘뻘 흘리며 사진 속 얼굴이 그림으로 옮겨질 때까지 기다렸을 것이다. 지켜보는 시선에 화가는 얼마나 눈치가 보였을지. 괜히 귀엽고 고마운 마음에 상상만으로 웃음이 났다.

신문지로 잔뜩 감싸 종류별로 보낸 초콜릿은, 내가 이전에 맛있다고 했던 초콜릿이었다. 특히 좋아하던 알펜 골드 초록색, 노랑색 맛은 두 개씩 들어 있었다. 알룐까 밀크 초콜릿, 견과가 든 초콜릿, 에어쉘 같은 초콜릿. 정말 골고루도 보냈다. 이것들을 보내기 위해 그는 혼자 아르바트 거리에 가고, 마트에 가고, 신문지로 물건을 돌돌 싸매며 우체국에 가서 택배를 보냈겠지. 내가 알지 못할 얼마만큼의 시간을 쓴 걸까 싶었다.

내가 러시아에 있을 때 그 애는 한국에 있었고, 내가 한국에 들어오니 그 애는 러시아로 돌아가 버려서 이렇게 우리도 서서히 멀어지나 싶었는데 기분 좋은 서프라이즈 선물을 받고 나니 단박에 알 것 같았다. 그에게 나는 이런 사람이라는 걸. 덧붙이는 말 한마디 없었지만, 우리의 관계가 충분히 설명되는 순간이었다.

살다 보니 오늘처럼 아름다운 날을 만날 때가 있다. 멀리서 와서가 아니라, 깊어서 아름다운 그런 날.

우리가 사랑한
여행의 플레이리스트

_____ *Seoul, Korea*

초등학교 6학년 때였나. 담임 선생님이 병원에 다녀오신다고 그를 대신해서 나이 지긋한 교무부장 선생님이 들어오신 적이 있다. 교무쌤은 딱히 수업을 할 생각이 없었는지 통기타를 하나 들고 오셨는데, 교탁에 대충 걸터 앉아선 노래를 신청하면 쳐주겠다고 하셨다. 그게 아니면 수업을 하겠다는 협박 아닌 협박과 함께. 물론 그렇다고 해도 손을 번쩍 들 학생은 없었다. 지금껏 우리가 그에게서 들었던 말들은 주로 '복도에서 뛰지 마라' '중앙 계단 쓰지 마라' 같은 것뿐이었으니까. 낯선 그의 말에 누구 하나 쉽게 입을 떼지 못하고 침묵이 계속됐다. 그러다 도저히 수업만은 하기 싫었던 내가, 기어들어가는 목소리로 말했다.

"저… 노고지리의 찻잔…이요."

그때 교무쌤의 둥글둥글한 눈빛을 처음 봤을 거다. 날카로움이 사라진 눈동자는 꼭 옆에 앉은 착한 짝꿍을 닮았다고 생각했다. 교무쌤은 "너처럼 어린 애가 옛날 노래를 어떻게 아냐"며 놀라시다가, 금세 신이 나서는 기타를 안고 노래를 불러주셨다.

너무 진하지 않은 향기를 담고
진한 갈색 탁자에 다소곳이
말을 건네기도 어색하게
너는 너무도 조용히 지키고 있구나.
너를 만지면 손끝이 따뜻해
온몸에 너의 열기가 퍼져
소리 없는 정이 내게로 흐른다

긴장은 하면서도 익숙한 멜로디에 나도 모르게 노래를 따라 부르고 있었다. 초등학생이 소리 없는 정이 내게로 흐른다는 가사 뜻을 알 리 없었겠지만, 그 노래를 듣고 있으면 꼭 어딘가 따뜻하고 안전한 느낌이 들었다. 친구가 별로 없던 전학생에게, 교실이 정겹게 느껴진 유일한 순간이기도 했다.

아마 이 노래의 시작은 아빠가 월 40만 원을 벌어 네 가족이 먹고 살 때쯤이었을 거다. 차는 없으면서 자신만의 플레이리스

트는 있던 사람, 아빠는 그런 사람이었다. 가난했지만 늘 모서리에 숨어 있는 아름다움을 발견할 줄 알던 사람. 그 아름다움이 있는 곳으로 어린 나와 동생과 엄마를 데려가 꼭 보여주던 사람.

뭐, 콩 심은 데 콩 나고, 아빠 심은 데 내가 난 거 아닐까. 유년의 노래들은 내 속에 심어졌고, 그렇게 심어진 노래들로 나는 선명한 취향을 지켜낸 어른이 되었다. 버즈보다 진섭 오빠를, 신화보단 김창완 아저씨를 좋아하며 힘들 땐 그들의 목소리에 기대눈물 흘리고 위로받는.

그 꼬마가 어른이 되었을 때까지도 우리는 여전히 아빠의 플레이리스트를 들었다. 바다를 보러 동해로 갑자기 떠났을 때도, 저 멀리 프랑스의 이름 없는 도로를 달렸을 때도, 늦은 밤 스위스의 깊은 산에서 길을 잃었을 때도 매번 함께 차를 타고 달리면서 이제는 우리의 노래가 된 아빠의 노래를 닳도록 불렀다.

나는 그런 아빠의 빛깔이 좋았다. 아빠가 듣던 노래들의 묘한 쓸쓸함과 따스함을 사랑했다. 쌀쌀하면서도 다정하고, 또 어딘가 외롭게 느껴지면서도 푹신한 목소리들. 아빠는 그 노래들이 그냥 좋았다던데, 나도 그냥 좋았다. 그 노래들이. 처음부터 내 것이었던 것처럼.

어딘가 마음 비빌 곳이 필요할 때 여전히 그때의 노래를 듣는다. 네 가족이 차 안에서 듣고 부르던 우리의 노래. 그러다 보니 이제는 알 것도 같다. '소리 없는 정이 내게로 흐른다'라는 말이 무슨 의미인지. 설명하지 않아도 내게 따숩게 통한다는 게 어떤 느낌인지.

02

그 시절 우리의 여행 플레이리스트

노고지리 | 찻잔

산울림 | 회상, 그대 떠나는 날 비가 오는가, 아마 늦은 여름이었을 거야

변진섭 | 로라, 숙녀에게, 너에게로 또다시, 새들처럼, 너무 늦었잖아요

이문세 | 조조 할인, 깊은 밤을 날아서, 사랑이 지나가면

트윈폴리오 | 웨딩케익, 에델바이스, 축제의 밤, 우리, 두 개의 작은 별

김광석 | 사랑이라는 이유로, 잊어야 한다는 마음으로, 사랑했지만, 바람이 불어오는 곳

여행의
물건들

때로 여행은 물건으로 기억된다. 삶에 꼭 필요한 것도 아니면서 기억하고 싶다는 핑계로 값을 지불하는 느낌이지만, 물건이 지닌 깊이는 시간이 지나야 드러나니까.

처음에야 여행지에서 데려왔다는 낯선 신기함에 매일 들여다보지만, 삶은 언제나 정신없이 빠르고 여행의 기억은 바쁜 일상에 쉽게 잊힌다. 그러다 한참 시간이 지난 어느 날, 잊고 지냈던 여행의 물건이 다시 보인다. 아! 여기 있었구나. 그제야 정신없이 흘러가던 하루를 멈춰 세운다. 이거 거기서 샀었지, 맞아 나 그곳도 갔었지, 한 호흡을 쉬게 된달까.

여행의 물건은 그래서 값지다. 물건 속엔 지난날의 좋았던 기억과 마음과 사랑과 태도를 담을 수 있어서. 바쁘다는 핑계로 잊고 지냈던 기억 조각을 발견할 수 있어서. 그렇게 나를 멈춰 세운 물건들이 있다. 잊고 지내던 순간을 돌아보게 만드는 물건들, 멈춰 서선 피식 웃게 만드는 물건들. '이거 여기 있었네!' 하면서 오래오래 내 곁에 머물렀으면 하는 기억들을 떠올리게 한다.

기억 하나. 헤밍웨이의 노인과 바다

가끔은 읽을 수도 없는 책을 사고 싶다. 모르는 언어라 더듬더듬 읽을 수조차 없지만, 때론 읽을 수 없어 오래 가질 수 있는 신비함이 있는 법이니까. 잘 모르면 우리는 조금 더 좋다고 쉽게 믿기 마련이다.

파리엔 헤밍웨이가 자주 들르던 책방이 있다. '셰익스피어 앤 컴퍼니' 서점. 이름부터 멋진 이 작은 서점의 안쪽 통로 벽엔 'Be not inhospitable to strangers, lest they be angels in disguise(낯선 이를 홀대하지 마라. 그들은 변장한 천사일지 모른다)'라는 멋진 말이 쓰여 있다. 이곳은 가난한 작가들에게 읽을 책과 쉴 수 있는 침대를 내어준 서점이었다고 한다. 낯선 누군가에게 품을 내어주는 일은 언제나 어렵기에 품을 받는 이의 마음에 더 아름답게 기록되는 것 같다.

발 디딜 틈 없이 사람이 많아 겨우 비집고 들어간 작은 서점에는 읽을 수 없는 글자들이 줄지어 있었는데, 나는 그게 꼭 리

듬처럼 보였다. 속삭이는 사람들의 소리, 책 꺼내는 소리. 처음 악보 읽는 법을 배울 때처럼 생소하면서도 어딘가 따뜻하고 다정한 멜로디처럼 느껴졌다. 그 소리에 이끌려 읽을 수도 없는 《노인과 바다》와 《어린 왕자》를 샀다. 몰랐는데 여행객들에게 가장 많이 팔리는 책이라고 했다. 친절한 점원의 설명에 나도 모르게 피식 웃고 말았다. 특별하다고 생각했던 지금이 싱겁도록 평범해서. 그래서 더 좋아져서.

기억 둘. 스위스 책방의 황동 책갈피

12년 만에 다시 찾은 제네바는 그대로였다. 간판이 아주 예뻤던 작은 열쇠 가게도, 제네바 대학 안에 엄청난 크기의 종교 개혁 기념비도, 처음 콜라를 사 먹었던 슈퍼마켓도. 골목을 걸을 때마다 오렌지색 티셔츠를 입고 가게마다 기웃거리던 중학생의 내가 있었다. 이곳은 그대로인데 변한 것은 훌쩍 커버린 나뿐이었다.

예전에 왔던 길을 그대로 걸어보다가, 무언가에 이끌리듯 서점 앞에 섰다. 1839년부터 제네바를 지킨, 제네바에서 가장 오래된 골동품 가게 'Jullien Livers Anciens'. 열린 문으로 오래된 책 냄새가 기분 좋게 풍겨 나왔다. 어딘가 젖어 있는 곳에서 풍기는 서늘한 느낌. 짙은 나무색을 연상케하는 냄새였는데.

그곳에선 앤티크한 안경을 쓴 주인과 손님이 한눈에 봐도 세월이 느껴지는 고서를 앞에 두고 이야기하는 중이었다. 그들의 대화가 끝나길 기다리며 문에 걸린 책갈피가 있어 구경했다. 마음 같아선 모양별로 하나씩 모두 사고 싶었지만, 하나에 20프랑이라 꾹 참고 가장 사고 싶었던 두 개를 큰맘 먹고 샀다.

그런데 한국에 돌아오고 서점 홈페이지에서 우연히 '(영어로) 스위스 독점! Librairie Jullien에서만 판매!'라고 적힌 문구를 발견했다. 그걸 보니 그때 그냥 모양별로 사 올걸 싶었다. 후회는 언제나 한 발 느리다.

언젠가 회사 SNS에 올릴 책 사진을 이곳에서 산 책갈피와 함께 촬영해 올렸는데, 책 말고 책갈피 구매처를 묻는 댓글만 달려 당황했다. 그러면서도 좀 으쓱한 기분을 숨길 수 없었다. 내가 책갈피 보는 눈은 있구나 싶어서.

기억 셋. 체스키 크롬로프의 에스프레소 잔

여름인데도 쌀쌀한 바람이 불던 유럽의 7월, 체스키 크롬로프에 있었다. 우리 많이 걸었으니 이제 맛있는 거나 먹으러 가고, 성을 구경하고 내려오는데 엄마가 가게 앞에서 발을 멈췄다. 엄마의 시선 끝엔 남색 빛의 작은 찻잔이 있었다. 예쁘면 하나 사라던 나의 부추김에도 엄마는 그저 눈으로만 본다며 구경만 했다. 한참을 서선 찻잔을 쥐어도 보고, 들어도 보다가 제자리에 내려 두었다. 예쁜데, 비싸다면서.

구경을 마치고선 시내로 나가 커피를 마셨다. 이름도 어렵던 초콜릿 쿠키도 하나 시켜선 한 입씩 나눠 먹었다. 바람이 점점 추워지니 그만 돌아갈까 싶었는데, 엄마는 다시 반대쪽으로, 그러니까 왔던 길로 돌아가 걷자고 했다. 조금은 멋쩍은 웃음에, 아까 봤던 남색 찻잔이 생각난다는 말을 덧붙이면서.

결국 우리는 다시 돌아가 찻잔을 샀다. 저 찻잔이 뭐라고, 하면서도 엄마는 환하게 자꾸만 웃었다. 아무래도 예쁘다면서, 마음에 든다면서, 내 돈 주고 나를 위한 잔을 처음 사본다면서.

내게 주는 것은 비싼 값도 턱턱 치르는 엄마가, 고작 몇만 원짜리 찻잔 앞에서 반나절을 망설였다. 이제는 나 어릴 적만큼 가난하지 않아서 저런 잔 열 개는 더 사도 괜찮으면서 오래전 습관이 어딘가 남아 있는 엄마를 보는데 괜히 서걱서걱했다. 내가 오늘을 맞이할 수 있었던 게, 어쩌면 자신을 위한 선택은 오래 미루고 쌓아오기만 했던 엄마 덕이 아니었을까 하면서.

가끔 대구 집에 내려가 엄마의 남색 잔을 보면 늘 체스키 크롬로프에서의 기억이 떠오른다. 다시 가게로 돌아가자고 말하던 엄마의 얼굴이. 엄마가 웃었으니 그것으로 충분했던 나의 하루가.

때로 여행은 물건으로 기억된다. 살다 보면 좋았던 일도 나빴던 일도 조금씩 모서리가 둥그러지며 사라지는데, 물건 속에 담긴 기억은 여전히 처음처럼 생생히 남아선 나와 함께 살아간다. 일상과 섞여서 잊혔다가, 다시 발견됐다가. 그렇게 섞이고 섞여서는 시간이 흐르면서 또 다른 의미가 붙는다.

기울어진 행복의
균형을 맞추는 법

_____ *Yeoju, Korea*

떠나야겠다고 생각한 건 수요일 점심이었다. 사무실 책상에서 일을 하고 있는데 '이러단 죽겠다'는 생각이 들어서 급하게 금요일 오후 반차까지 썼다. 몸과 마음이 쉬어야 한다는 신호를 보낸 지는 오래였지만 일이 많아서, 떠날 힘이 없다는 핑계들을 대며 휴식은 모서리에 미뤄두고 있었다. 여기에 불을 붙인 건 다름 아닌 친구의 한마디였다.

"이제 우린 무리하지 않으면 못 떠나. 이래서 안 되고 저래서 안 되고. 그렇게 미루기 시작하면, 계속 못 쉬다가 한순간 빵 터져버리는 거야."

물론 나이를 먹으며 내 마음을 지키는 평균값을 알게 되었으나, 마음을 지키기 위해 무리하지 않는 것과 틈이 없어 쉬는 타

이밍을 흘려버리는 건 다른 문제였다.

그래서 목요일 밤, 급한 마음으로 가방을 쌌다. 백패커(백팩에 장비나 식량을 담아 짊어지고 여행하는 사람)에게 40L 가방은 언제나 작다. 그러니 꼭 필요한 것만 챙기기로 했다. 텐트, 그라운드시트(습기를 막기 위해 텐트 아래에 까는 천), 에어매트, 침낭, 얇은 오리털 패딩. 여기까진 늦가을 캠핑 필수품이라 뺄 수가 없다. 의자, 작은 베른 테이블, 기본 조리 도구를 넣고선 마지막으로 타프를 챙길까 말까 고민했지만, 결국 빼기로 했다. 오롯이 짐을 이고 떠나는 백패킹에서는 무엇을 챙기고 뺄지가 가장 중요하다. 스스로 감당할 수 있는 정도의 무게를 유지해야 하기에 캠핑 목적에 따른 물건의 우선순위를 세워야 한다.

나의 목적지는 여주였다. 차가 없는 뚜벅이 솔로 백패커는 지하철과 버스를 세 시간이나 타고 부지런히 걸어야만 닿을 수 있는 곳이다. 금요일 반차를 써서 점심을 먹고 출발하면 아슬아슬하겠지만 해가 지기 전엔 도착할 수 있을 듯했다. 분명 고된 길임을 알았지만, 막상 떠난다고 생각하니 오랜만에 조용히 마음이 뛰었다.

하지만 언제나 그렇듯 여행은 변수의 연속이다. 생각보다 일이 길어져 두 시가 다 돼서 길을 나섰고, 결국 도착했을 때 해는 이미 지고 없었다. 예상에 없던 새카만 어둠을 더듬더듬 짚어가며 섬으로 들어갔는데, 이따금씩 괜히 무서워 노래를 부르곤 했다. 누적된 무게에 어깨는 아프고, 길은 무섭고, 배는 고프지만, 당장 할 수 있는 건 부지런히 걷는 것뿐이었다.

거우 도착한 강천섬(2021년 6월 1일부터 캠핑이 금지되었다). 적당한 자리를 잡고 텐트를 치려는데, 그날따라 유난히 폴대(텐트의 고정을 위한 막대)에 텐트 꼭지가 들어가지 않았다. 20분 넘게 땀을 뻘뻘 흘리며 어둠 속에서 사투를 벌이고 팩을 박았는데, 나중에 알고 보니 폴대를 잘못 끼워서였다. 나는 그것도 모른 채 일단 허기부터 채우겠다며 허겁지겁 밥을 데우고 먹기 바빴다. 그러고 나서야 터지는 숨. '아! 이제 살겠다.'

이런 내게 주변 사람들은 종종 물었다. 고생만 하는 캠핑, 뭐가 좋으냐고. 그럼 나는 "고생해서 좋아!"라고 답했는데, 정말이지 그 말이 딱 맞다. 몸에선 땀 냄새가 폴폴 나고 어깨는 부서질 듯 아프고 먹는 것도 빈약한데 그래서 좋다. 쉬지 않고 몸을 움직이다 보면 다른 것은 사라지고 '지금'만 남으니까. 회사에 두고 온 업무도, 인간관계도, 책임도 다 사라지고, 가벼운 질문만 남는다. 지금 떡볶이를 먹을까, 고기를 구울까. 텐트를 여기에 칠까, 저기 나무 아래 칠까 같은. 그러고 나면 마음이 평온해진다. 이렇게 평화로워도 될까 싶을 만큼.

실은 지난 한 달 동안 새벽 네 시가 넘어 거우 잠들었다. 아픈 것도 아니고, 그렇다고 삶이 크게 힘든 건 아니었지만 자꾸만 꼬여버리고 늘어나는 일 때문에 야금야금 조금씩 지쳐가고 있었는데 어제 텐트에선 거짓말처럼 머리를 대자마자 잠이 들었다. 새벽에 비가 크게 왔다는데도 한 번 깨지를 않고서. 사르르 눈을 떠보니 밖에선 새소리와 분주한 아침의 소리만 들렸다.

그렇게 맞이한 아침, 텐트를 여니 아침의 상쾌함이 펼쳐졌다. 창을 열어둔 채로 누워선 맑게 뻗은 하늘을 한참 바라봤다.

'아, 내가 이거 보려고 여기 왔지.'

그동안 해야만 하는 일들에 치여 내가 진짜 좋아하는 것을 꽤 오래 잊고 있었다. 매일같이 회사와 집만 반복하는 루틴. 한때는 간절히 원했던 직장인의 일상이지만, 때론 쳇바퀴처럼 굴러가는 하루에 숨이 턱턱 막힐 때가 있다. 그럴 땐 망설이지 말고, 캠핑을 떠날 때만큼만 부지런히 움직여보려 한다. 가방에 필요한 것만 챙겨서, 일단 길을 나설 거다. 물론 떠난다고 하루아침에 삶이 변하진 않겠지만, 적어도 기울어진 행복의 균형을 다시금 맞출 수 있을 테니까.

03

캠핑에서 좋아하는 순간들

텐트 액자

새소리에 눈을 뜬다. 핸드폰 알람은 필요도 없이 분주하게 들리는 아침 소리에 기분 좋게 눈이 떠진다. 그리곤 포근한 침낭 안에서 텐트 창을 연다. 텐트에 머문 밤의 온기를 내보내고, 아침의 새로운 공기를 맞이하는 순간. 창 넘어로 펼쳐지는 10월의 가을 하늘은 구름 한 점 없이 맑기만 하다. 누워서 본 하늘은 지난 겨울에 보고 온 바다 같기도 하다. 이렇게 누워서 하늘을 본 게 언제가 마지막이었더라. 저 멀리 지난밤을 함께 보낸 이들의 텐트도 보인다. 복작복작 부지런히 움직이는 모습이 참 예쁘다. 마치 한 폭의 액자처럼.

책 읽기

가방이 아무리 무거워도 배낭에 책 한 권은 꼭 챙긴다. 이번 캠핑에 챙긴 책은 박연준 시인의 《인생은 이상하게 흐른다》. 출판사에서 일하는 사람이라 그런지, 가방에 책이 없으면 작은 죄책감이 든다. 읽지 않더라도 가지고 있어야 할 것 같은 기분. 캠핑을 떠나올 때는 읽고 싶었으나 시간이 없어 펼치지 못한 책을 가지고 온다. 의자에 앉아 따듯한 햇살을 맞으며 읽는 책. 집에서 읽는 것보다 훨씬 집중이 잘 된다. 그러다 보면 마음에 와닿는 문장을 더 많이 발견하는데, 이건 다 햇살 덕일 테다. 따스한 햇살은 좋은 것을 더 돋보이게 만드는 힘이 있으니까.

커피 한 잔

커피를 내리는 다양한 방식이 있지만, 물만 부어 마시면 되는 간편함에 드립백은 짧은 캠핑에 유용하다. 커피를 내리고 있으면 텐트 주변을 커피 향이 감싼다. 고소하고 향기로운 냄새를 맡으며 읽는 책 한 페이지는 달고 달다.

무수히 반짝이는 별

여기선 도시에서 볼 수 없던 별이 보인다. 텐트 앞에 작은 돗자리를 펴 놓고, 조명을 모두 끈 채로 누워 밤하늘을 맘껏 구경한다. 까만 하늘에 박힌 별을 보며 어린 시절 배웠던 별자리를 더듬더듬 떠올려본다. 내가 아는 거라곤 오리온과 북두칠성 그리고 카시오페아 자리뿐이지만 열심히 찾아본다. 아름다움을 마주하면 간직하고 싶어진다. 챙겨온 카메라의 조리개를 잔뜩 열고, 오랜 시간을 기다려 철컥, 셔터 소리를 내며 별 사진을 담아본다. 그러고 보면 별은 언제나 저기 있었구나 싶다. 세상에 별이 있다는 걸 우리가 잊고 살 뿐.

파스타에 담긴
엄마의 용기

_____ Seoul, Korea

가족과 떠난 유럽 자동차 캠핑 여행이 한 달 정도 지났을 때다.

"오늘 점심 뭐 먹을까?"

평소와 똑같이 캠핑장 체크아웃을 하며 이야기하는데, "가는 길에 재료 좀 사다가 파스타 만들어 먹을까? 빵이랑 같이"라는 엄마 말에 서러워져서 목이 콱 막혔다. 캠핑을 하는 내내 파스타랑 샐러드, 빵만 먹은 지 일주일째 되는 날이었다. 차 뒷자리에서 나도 모르게 소리까지 내며 엉엉 울어버렸다. 제발 밥 먹자고, 쌀로 된 밥 좀 먹자고, 아니면 고기라도 좀 먹고 싶다고. 순간적으로 올라온 짜증에 콧물과 눈물이 쏟아져서 말도 잘 안 나왔다.

다 큰 딸의 울음에 우리가 향한 곳은 다름 아닌 KFC였다. 한

바탕 울고 나니 생각보다 짜증은 별거 아니었고, 뒤늦게 밥 먹자고 운 게 창피해서 차에서 내리자마자 곧장 카운터로 뛰어갔다. 눈은 퉁퉁 부어서 잘 떠지지도 않으면서 치킨 바스켓 사진을 가리키며 "빅 치킨박스 플리즈!"라고 외치는 내가 얼마나 하찮게 느껴지던지. 그러면서도 뜨끈한 기름 냄새가 진동하는 KFC가 얼마나 좋았는지 모른다. '행복에게도 냄새가 있다면 바로 이 냄새일 거야!' 생각하며 닭다리 두 쪽을 내가 다 먹어버렸다.

내가 중학생 때였을 거다. 영국에 오래 사셨던 엄마의 친구는 파스타를 알려주겠다며 직접 쓴 레시피북을 가지고 우리 집에 왔다. 책과 함께 두 손에는 영어 이름이 쓰인 신기한 식재료로 가득했다. 동네 마트가 전부이던 내게 세계 곳곳에서 날아온 식료품은 다른 차원의 물건처럼 멀게 느껴졌다. 그 신기한 재료들을, 이모는 무심히 식탁에 올려두고는 레시피북을 따라 엄마에게 파스타를 알려줬다. 마치 초등학생에게는 어려운 문제들을 최대한 쉽게 설명해 주려 하는 어른처럼.

그때 스파게티가 파스타 종류 중 하나라는 사실을, 나는 15년 인생에 처음 알았는데 엄마도 마찬가지였던 것 같다. 당시 우리에게 스파게티라곤 도미노 피자 사이드로 나오는 음식 혹은 대구 앞산 앞에 살 적 생일에만 갈 수 있었던 패밀리 레스토랑의 음식이었으니까.

이내 부엌에서는 마늘과 양파 써는 소리와 함께 시큼하고도 달큰한 토마토 냄새가 차례대로 풍겨오더니 어느새 다양한 파스타가 만들어졌다. 저마다 생김새도, 색도 달라 잠깐 봤는데도 맛이 기다려졌다. 크림을 넣은 파스타, 익숙한 토마토 파스타, 또 조개를 가득 넣은 파스타. 사실 파스타 맛은 잘 기억나지 않는데, 내 코끝을 자극하던 오묘하고 신비로운 냄새와 냄새 너머로 들려오던 엄마와 이모의 대화는 선명하다.

"아니, 언니. 파스타가 이렇게 쉬운 음식이었어요?"

"이게 한번 해보면 되게 쉬운 음식이야. 일단 여기 있는 파스타 레시피대로만 한번 쭉 해봐."

그날 이후 엄마는 더듬더듬 레시피북을 따라 파스타를 만들기 시작했다. "이건 마늘로 맛을 낸 알리오 올리오야." "이건 펜네라는 거래." 먹어본 적이 없어 이게 맞는 맛인지도 모르면서 신기한 맛에 "이게 외국의 맛이구나!" 외치던 우리들. 그러면서 우리 집은 내가 열다섯을 기점으로 파스타와 샐러드가 주식인 집이 되었다.

덕분에 외식 범위도 넓어졌다. 도미노 피자 사이드로 나오는 스파게티에서 당시 명동 입구에 있던 스파게티 전문점 '쏘렌토'로, 쏘렌토를 클리어하고 나선 종류가 조금 더 많았던 레스토랑 '미니미'로. 사 먹는 맛은 엄마가 해주는 맛과 어떻게 다른지, 또 우리는 뭐가 더 좋은지, 일종의 파스타 공부를 해나갔다. 긴 시간을 보내며 우리 입맛에 맞고 맞지 않은 것을 가려냈고, 각자만의 파스타 취향이 생겼다. 이를테면 아빠는 펜네에 바질 페스토를 넣은 파스타를 좋아하고 나는 거기에 그릭요거트를 더해 먹는 방식을 좋아한다는 것. 우리의 취향만큼 엄마의 레시피들도 무궁무진한 변화를 거쳐갔다.

돌아보면 엄마가 파스타를 집에서 만들기 시작했을 때가 40대 초반이었다. 해본 것보다 해볼 게 더 많았던 열다섯의 나에겐 파스타가 새롭고 신기할 수밖에 없었고, 그래서 여기저기 파스타 집을 알아보고 가보는 엄마의 태도가 어쩌면 당연한 것이라 생각했다. 신기하고 재밌으니까 해봐야하는 거 아니냐며. 하지만 30대 초반의 사회인이 되어보니 그렇게까지 할 수 있었던 엄마의 호기심이 사뭇 대단하게만 느껴진다.

어릴 때는 잘 모르지만, 살다 보면 사람에게는 어느 순간 선이라는 게 생긴다. 이제는 세상이 신기하기보단 알 것 같은 거. 사람 관계 또한 쓰고, 달고, 아픈 웬만한 건 다 해봐서 어떤 상황이 오든 대충 감이 오는 거. 그렇게 편견이 생기고, 굳어질 대로 굳어지는 나이가 되어버리는 게 아닌가 고민하면서도 결국 하지 않는 일들이 많아지는 때가 온다. 근데 엄마는 어떻게 그랬을까. 새로운 무언가를 발견해서 흥미를 느끼고, 거기서 더 나아가 열심히 찔러도 보면서.

자주 익숙한 대로만 하려는 나를 발견한다. 더 할 수 있는데 시간이 들고 돈이 들면 주저하게 되고, 그것보다 마음을 써야 하는 일이 생길 것 같으면 조금 고민하는 척하다가 반사적으로 포기하고 만다. 일이든 사람이든 뭐 태어나 처음 보는 신기한 것이든, 그런 게 있구나 하고 한참 바라보고 얼추 발만 담그고는 지나쳐버리는데, 파스타를 집에서도 할 수 있다는 걸 알고, 세상엔 파스타 종류가 그렇게 많다는 걸 안 엄마는 대체 어디서 그런 용기가 생겼던 건지. 파스타를 시작으로 엄마는 우연히 백두산에 다녀왔고, 돌아와선 이렇게 말했다.

"딸아, 우리 더 넓은 세상을 보러 가자. 더 크고 멋진 곳으로 나아가자."

한때 생겨난 엄마의 용기 덕에 우리는 파스타를 주식으로 먹는 집이 되어서, 세계 어디를 가든 쌀 없이도 잘 산다. 가방 하나를 메고 땀을 뻘뻘 흘리기도 하고, 자동차 하나 빌려 캠핑 여행을 떠나기도 한다. 돌이켜 보면 많은 게 엄마의 결단이었다.

엄마는 더 추워지기 전에 캠핑을 가자고 했다. 길어지는 코시국에 예전처럼 가족이 휴가를 맞춰서 유럽으로 캠핑을 갈 수 없으니, 사람 없는 곳으로 오랜만에 캠핑이라도 가자고. 이제는 허리가 아파서 예전처럼 길게는 못 갈 것 같지만, 함께 떠났던 순간들은 잊고 싶지 않다며. 여전히 새로운 것 앞에서 눈이 반짝이는 엄마를 보며 생각한다. 나, 더 멀리 가보자고. 세상의 새로움 앞으로 더 더 멀리 가보자고.

스코틀랜드의 양으로
살고 싶어

_____ *Scotland, United Kindom*

언젠가 영원히 살고 싶은 곳이 있느냐고 묻는다면, 한 치의 망설임 없이 대답할 수 있다. 나는 스코틀랜드에 살고 싶다. 그것도 스코틀랜드 스카이섬에서 한 마리 양으로.

스카이섬은 스코틀랜드에서도 북쪽으로 아주 오래 달려야만 닿을 수 있다. 떠나기 전 그곳에 대해 아는 것이라곤 고요하고 아름다워서 멈추고 싶은 곳이라는, 영국서 오래 산 친구의 말 하나뿐이었다. 그 말 하나를 품고 끝없는 도로를 달렸다. 어느새 크고 작은 건물들이 서서히 사라지더니, 끝엔 고요하고 아름다워서 멈추고 싶은 풍경만이 남았다. 푸른 초원과 하늘 그리고 그림 같던 하얀 양 떼만이.

살면서 이렇게 많은 양을 본 적이 있었나. 사람보다 더 자주 마주치는 양을 보자니, 여긴 양들만이 사는 나라인가 싶었다. 아무리 달리고 달려도 양은 자동차를 쫓아오는 밤의 달처럼 어디선가 끊임없이 등장했고, 때로는 지나갈 수도 없게 도로 한가운데 드러누웠다. '우린 급한 게 없으니, 여길 지나가고 싶으면 네가 기다려'라고 말하듯. 마치 우리가 그들의 세계에 무단으로 들어온 이방인이 된 것 같았다.

스카이섬을 이루고 있는 것은 단순했다. 하늘, 바다, 초원, 양. 이곳에선 하늘보다 땅을 보는 시간이 많았는데, 아무 생각 없이 걷다 보면 작은 양 똥을 밟기 일쑤였다. 햇살 좋은 언덕에서 풀을 먹고 놀다가 똥을 한번 싸고, 다시 먹고 쉬고 배설하는 원초적인 자유란 어떤 걸까. 멀리서 보면 양들은 똘똘 모여 있는 것 같으면서도 가까이서 보면 서로 널찍이 흩어져 있었다. 그렇게 덩그러니 혼자 있는 것 같다가도 양치기의 종소리 한 번에 나란히 이동하는 걸 보니, 나름의 공동체도 있어 외롭지는 않은 듯했다.

자유롭게 흩어진 그들을 보며 생각했다. 부러워. 시끄러운 자동차 소리도, 미세먼지도, 매달 꼬박꼬박 나가는 카드 값도 없는 곳에서 고요하게 자유를 곱씹는 삶이라니. 자신의 박자대로 고요하게 흘러가는 하루라니. 삶은 때로 찰나의 순간으로 방향이 변하기도 하는데, 스카이섬에서 수백 마리의 양을 만나며 내게

작은 목표가 생겼다. 나도 언젠가 이곳에서 살고 싶다는 것. 가능하면 스코틀랜드의 양으로, 자유롭게.

이토록 양이 부러운 건 내가 양띠인 것도 한몫 할 테다. 나는 왜 하필 도시의 한가운데서 태어났을까. 같은 양이라면 스코틀랜드에서 태어났으면 좋았을 텐데. 여긴 겁 많고 소심한 양들끼리 모여 있어 공격당할 위험이 없고, 모든 소음에서 벗어나 고요하고 안전하고 평화롭게 살 수 있을 것만 같았다.

도시에 사는 양띠 직장인인 나는 스스로를 자주 사회의 먹이사슬 가장 아래라고 생각했다. 사회 초년생이 다 그렇지 뭐. 익숙해지려고 부지런히 애를 떤다만, 노력한다고 되는 일이 아니었다. 상대의 작은 말에도 지레 겁을 먹고, 자신감이 없어 말끝을 흐릴 때면 먹고 먹히는 도시의 먹이 사슬 아래에 있는 양이된 것 같다 자주 생각했는데, 지구 반대편엔 그런 양만 모아둔 평화로운 세상이 있었다니.

스코틀랜드 스카이섬에는 정말 어디에나 양이 있다. 그들은 '저긴 없겠지' 하는 아슬아슬한 절벽이나, '저러다가 떨어지는 거 아냐?' 싶은 좁은 바위 사이에도 어떻게든 틈을 찾아선 자리를 틀어 앉았다. 무섭지도 않은지 그곳에서 풀을 뜯고, 앞발을 툭 내놓고 멍하니 쉬고 있었다.

겁이 많다고 알려진 모습과는 다르게 어쩌면 양은 우리가 생각한 것보다 훨씬 용기 있는 동물이 아닐까. 높은 바위 위에 평온하게 앉아 있는 양을 바라보며 생각했다. 가보고 싶은 틈에 한 발자국 가까워지는 일은 용기가 있어야만 해낼 수 있는 것이니까. 용기가 없다면 길을 잃을 걱정이 앞서 어디든 나서지 못할 테니까.

이제 사회 초년생을 벗어난 나는 스카이섬을 갔던 그날보다 조금 더 강해지고 단단해지고 여유로워졌지만, 여전히 그곳에서 만났던 양들을 생각한다. 주머니 속 몰래 숨겨둔 주먹에 자꾸 힘이 잔뜩 들어갈 때면, 아찔한 절벽에서 풀을 먹던 양들이 자꾸만 떠올랐다. 그럴 때면 작은 용기가 함께 생겨났다. '양은 생각보다 용기 있는 동물이야, 절벽에서도 풀을 뜯어 먹는 힘을 가진 애야.' 스스로에게 얘기해주면서.

때로 창은
액자가 되기도 하지

_____ *Andalsnes, Norway*

혼자 살기 시작하면서 집 안 곳곳에 사진을 붙여두었다. 예전만 해도 가족사진을 집 구석구석에 두는 사람들을 이해하지 못했다. 거실 소파 위에 대문짝만하게 액자를 걸어놓은 친구들 집이 그 땐 왜 그렇게 촌스러워 보였는지. 사진 속 어색하게 웃고 있는 표정들과 불편해 보이는 포즈가 낯설게만 느껴졌는데, 혼자 살며 알게 되었다. 사람들은 액자 속에 가장 소중한 것을 담는다는 걸.

다들 이런 마음이었을까. 집안 곳곳에 자리한 사진을 매일 들여다보는 건 아니지만, 가족사진이 있다는 이유 하나로 어딘가 든든한 기분이 들었다. 사진 속 순간들에 둘러싸여 지내고 있는 것 같다고나 할까. 그래서 사람들은 액자를 사고, 소중한 기억을 그곳에 담아두는구나.

우리 집의 좋은 기억은 언제나 자동차에서 시작됐다. 운전을 좋아하는 아빠는 핸들을 잡고 엄마는 그런 아빠의 옆을 지켰다. 사춘기 시절 엄마와 다툼이 잦았던 나는 엄마 눈을 피할 수 있던 조수석 뒷자리에 앉았고 자연스레 찬은 내 옆자리로. 각자의 자리가 정확히 정해진 자동차를 타고 여행하는 걸 우리는 좋아했다. 다름 아닌 우리끼리만 있을 수 있어서. 몇 시간 동안 쌩목 라이브를 하고 비를 홀딱 맞은 못난 얼굴로 샌드위치를 허겁지겁 먹고, 사소한 일로 투닥투닥거려도 이곳에서만큼은 서로가 서로를 미워하지도, 미움받지도 않는 가장 안전한 공간이었다.

아빠가 운전하는 자동차를 타고 우리는 수많은 길을 함께 달렸다. 춘천도 가고 대구도 가고 부산도 가고. 몇 년치 모은 적금을 깨선 바다를 넘어 크로아티아, 스코틀랜드, 노르웨이도 달렸다. 긴 여행에 신이 나선 재잘재잘 떠들다가도 금세 졸음이 쏟아지던 자동차 뒷자리. 나라와 나라 사이의 끝없는 들판을 달리던 지겨운 시간에, 비스듬히 눈을 감고 바라보던 창 너머의 풍경들이 가끔 떠오른다. 높은 빌딩이 나왔다가 햇빛에 빛나는 강을 지났다가, 논과 밭이 나오기도 했고 때로는 어두움에 삼켜진 밤하늘이 나왔다.

"얘들아, 빨리 앞에 봐봐!"
그러다 쨍한 알림처럼 상기된 엄마 아빠의 목소리가 들리면 우리는 깜짝 놀라 눈을 뜨곤 자동차 앞 유리를 보며 감탄했다. 반지의 제왕이 나올 것 같은 거대한 협만인 노르웨이 피오르드가 그랬고, 광활한 아름다움에 요정이 살 것만 같아 요정의 사다리라는 이름을 가진 트롤스티겐이 그랬다. 창밖으로 펼쳐지는 풍경을 차에서 함께 구경하며 생각했다. 때로 창은 액자가 되기도 하는구나. 하늘은 푸르고 구름은 손에 닿을 것 같은데, 산중턱엔 눈이 소복이 쌓여 있었다. 영화 속에서 봤던 풍경이 전부 거짓은 아니구나 싶은 순간들이었다.

그럴 때면 이렇게 아름다운 건 함께 보자고, 함께 웃자고 잠이 덜 깬 눈으로 차에서 내려서 삼각대를 세우곤 가족사진을 찍었다. 이 사진은 내가 눈을 감았고, 저 사진은 찬이 눈을 감아서 다시 찍자며 한참을 누르던 자동 셔터. 셔터를 누르고 뛰어오다가 무릎을 깨먹은 날도 있었다.

홀로 살다 보면 언제나 이런 온기가 그리워진다. 집에 돌아와 불 꺼진 방을 볼 때, 넷플릭스를 마주하고 밥을 먹을 때, 다림질이 어려워선 구겨진 옷을 그대로 입고 나갈 때면 차 안에서 복닥복닥 붙어선 서로 장난을 걸던 식구의 온기가 그리워진다. 혼자 살아서 자유로운 날도 분명 많았는데, 지친 발걸음을 끌고 오는 날이면 우리가 차 안에서 함께한 시간이 사무치게 그리워진다. 그런 날, 한때 우리가 공유했던 창밖을 떠올려본다. 꾸벅꾸벅 졸다가도 화들짝 깨선 새로운 풍경을 눈에 담던 시간을 곱씹어본다. 그럼 가쁜 하루를 보내다가도 작은 힘이 생긴다. '맞아, 내겐 이렇게 아름다운 기억이 있지' 하고. 그렇게 웅크렸던 하루가 조금씩 고개를 든다.

사람은 누군가를 사랑해야만 하고, 그래서 그리워할 수밖에 없는 존재들이 아닐까. 좋있던 조각을 증표 삼아 오늘을 살아내는, 연약하지만 따스한 존재 같다며 액자 속 환하게 웃는 가족의 모습을 보며 생각했다.

여행의
베이스캠프

"길을 잃으면 우리는 맥도널드에서 만나는 거야. 다른 곳으로 움직이면 찾기 힘드니까, 꼭 맥도널드에 있는 거야. 알겠지?"

아빠가 말했다.

어리고, 장난기 많고, 사고도 잘 치던 나와 동생 찬에게 아빠는 새로운 여행지를 갈 때마다 자주 이야기했다. 작은 도시라도 맥도널드 하나쯤은 있었고, 말이 통하지 않아도 맥도널드를 모르는 사람은 없을 테니까. 그렇게 맥도널드는 우리 여행의 베이스캠프가 되었다. 길을 잃으면 맥도널드로, 서로를 다시 만나려면 헤어진 곳에서 가장 가까운 맥도널드로. 그러니까, 우리가 새로운 도시에 도착해서 가장 먼저 했던 일은 길을 잃었을 때 만날 맥도널드부터 정하는 일이었다.

베이스캠프는 여행에서 가장 중요하다. 돌아올 곳이 있을 때 여행이라 부를 수 있는 거니까. 아무리 문밖의 세계를 좋아해 즉흥적으로 떠나길 좋아하는 사람이라도, 그건 문안의 평범한 안정이 있기에 가능한 일일지 모른다.

어릴 적부터 이사를 많이 다녔던 나에겐 베이스캠프가 중요했다. 어디를 중심에 두고 돌아올 것인가. 서울에 살 땐 서울, 춘천에 살 때는 춘천, 대구에 살 때는 대구가 나의 베이스캠프가 되었다. 그게 어느 도시인지는 중요하지 않았지만, 그 도시에 가족이 있었다는 사실은 내게 무엇보다 중요했다. 가족이 있는 곳이 내 여행의 중심이 되었기 때문이다. 그래서 아무리 멀리 떠나도, 아무리 많이 돌아다녀도 언제든 돌아갈 수 있는 베이스캠프가 있다는 사실에 든든했다.

하지만 독립과 동시에 모든 것이 변하기 시작했다. 그중 하나가 바로 혼자 되는 일이었다. 처음 혼자 살 집을 구하고서 주민등록등본을 떼는데, 그 큰 종이에 내 이름 하나만 찍혀 나오는 게 왜 그렇게나 슬펐는지. 어리광 피우는 딸로 조금만 더 살고 싶은데 미루기만 했던 순간이 급하게 찾아온 것 같았다.

1인 가구는 모든 것을 홀로 해야 했다. 스스로 움직이지 않으면 해결되는 게 아무 것도 없었다. 이런 변화 속에서 가장 어려웠던 건 외로움 같은 감정이었다. 처음 해보는 회사 생활과 새

로운 도시에서 살게 되는, 커다란 일들 뒤에 숨은 부스러기 같은 감정들 말이다. 기다리는 사람이 있는 집에선 대화로 툭 털어버리곤, 같이 티비를 보며 웃고 잊어버릴 수 있는 것들. 한동안은 텅 빈 집에 들어와 냉장고를 열어 대충 끼니를 때우고, 씻지도 않은 채 침대에 누워 목적 없는 스낵 영상만 보곤 했다. 그런 일들만 반복되던 어느 날, 문득 홀로 캠핑을 떠나보자는 생각을 했다.

처음 혼자 떠나기로 한 캠핑이었다. 언제나 함께했던 이들이 없는 캠핑은 마치 비어 있는 방에 홀로 들어온 느낌이었다. 동생과 텐트를 칠 때는 뚝딱뚝딱 금방이었는데, 혼자 치려니 배로 드는 시간. 자동차가 없어 배낭을 온전히 어깨로 지고 오는 것도 쉽지 않았다. 어깨는 아팠고, 밤은 유난히 길고 무서웠다. 텐트 밖에서 나는 작은 바스락 소리 하나에 밤을 꼴딱 새운 날도 있었는데, 그러다 아름다운 풍경을 보았을 때야 '아 내가 정말 혼자 살기 시작했구나' 하고 실감했다.

신입사원이던 나는 벌써 3년 차 직장인이 되었다. 딱 그만큼 백패킹 연차도 쌓였다. 이제 와 돌아보면 나는 힘이 들 때면 어떻게 떠날 생각을 먼저 했는지, 배낭 하나 달랑 메고 자연 속에 들어갈 용기는 어디서 나왔는지 싶다. 그저 어깨 너머로 보고 배운 게 여행의 삶이라 그런 걸까, 아니면 어려서부터 떠나고 돌아오는 기본값을 체득한 덕분일까. 이런저런 생각을 하다가 언젠가 맥도널드 앞에서 아빠가 했던 말이 떠올랐다.

'길을 잃으면 우리는 맥도널드에서 만나는 거야.'

나에겐 가족과 함께 떠났던 수많은 여행이 있다. 함께 자동차를 타고 캠핑을 다닌 순간들. 빵 말고 밥이 먹고 싶어 엉엉 울던 날, 검정색 쓰레기봉투를 이어 비 오는 날 타프 대신 썼던 날, 의자에 앉아 노을을 바라보았던 날들이 내 안 깊은 곳에 단단히 남아 있다. 그날들은 나의 베이스캠프가 되었다. 길을 잃으면 돌아갈 맥도널드가 되었다. 살다가 용기나 위로가 필요한 날, 즐거움이 필요한 날, 베이스캠프로 돌아가 필요한 무언가를 조금씩 떼어 다시 오늘로 돌아올 수 있었다.

행복했던 기억을 연료 삼아 나는 어디든 닿을 수 있는 사람이 된다. 여전히 자주 길을 잃지만, 언제든 돌아갈 수 있는 베이스캠프가 내 속에 있으니.

우리는 언젠가
서로의 곁을 떠나겠지

_____ somewhere, Europe

아빠는 운전을 하며 자주 이런 이야기를 했다.

"인생이란 자동차 여행과 닮은 것 같아. 처음엔 아빠와 엄마만 타고 있던 자동차였는데, 너희가 태어나며 함께 여행을 했던 거지. 그러다 어느 순간 너희는 각자의 삶을 따라 하나둘 차에서 내릴 테고, 그럼 우리는 다시 둘만 남아 주어진 길을 달리겠지?" 그럼 나는 그러려면 멀었는데 왜 자꾸 먼 이야기를 하느냐며 아빠에게 핀잔을 주면서도, 괜한 쓸쓸함에 애꿎은 창밖만을 바라보곤 했다.

알고 있다. 우리는 언젠가 서로의 곁을 떠날 거란 걸. 언제까지고 지금처럼 아빠가 운전해주는 차 뒷좌석에 찬과 나란히 앉아 있지 않을 거라는 걸. 알면서도 서운한 마음이 드는 건 함께

했던 순간들이 행복해서일 테다.

그래서 가끔 창문에 기대 사랑하는 이들의 얼굴을 가만히 떠올려 보는 연습을 한다. 영영 보지 못하는 것도 아니면서 그렇게라도 꾹꾹 눌러 담고 싶어서. 고개를 돌리면 볼 수 있는 얼굴인데도, 눈을 감으면 이상하게 바로 떠오르지 않는다. 눈은 어떻게 생겼더라, 머리 스타일은 어땠었지. 그럴 땐 그들이 가진 분위기를 하나씩 떠올려 본다.

엄마는 라일락이 좋다고 했다. 언젠가 끝없이 펼쳐진 프랑스 라일락 밭에서 맡았던 짙은 향기를 오래 잊을 수 없다고 했다. 자신과 잘 어울리는지는 모르겠지만 좋아한다던 보라색. 엄마가 젊은 시절 입었던 정장들을 내게 물려줄 때도 마지막까지 쥐고 있던 옷이 바로 라일락을 닮은 연보라색 정장이었다. 그래서 내게 엄마는 연한 보랏빛의 라일락으로 기억된다.

라일락을 떠올리면 연보라색 원피스 정장을 입은 엄마가, 땡그란 얼굴에 땡그란 눈, 단발머리에 웃을 때마다 사랑스럽게 피어나는 엄마의 얼굴이 자연스레 그려진다.

아빠는 크게 웃을 때 촌스럽게 금니가 보인다. 호탕하게 웃을 때면 공간이 찌렁찌렁하게 울려 자주 귀를 막곤 했다. 아빠의 가장 큰 특징은 싱거운 농담을 많이 한다는 것. 열 번 정도 농담을 던지면 아홉 번 무시당하고 한 번 정도 히트를 치는데, 초승달만 뜨면 어젯밤 손톱을 깎다가 튄 조각이 하늘에 달렸다고 말하고는 꼭 내게 타박을 받는다.

아빠는 어떻게 생겼더라. 눈썹 뒤편이 없고, 나처럼 낮고 걸걸한 목소리를 가졌다. 그리고 전화를 끊을 때마다 꼭 "사랑해! 딸!" 한다. 그래서 아빠를 떠올리면 소소한데 소중한 것들이 떠오른다. 세상 어디에나 있지만, 또 찾으려 하면 어디에도 없는. 틈만 있으면 아름답게 피어 있는 민들레처럼 작고 당연한 존재가 떠오른다.

동생 찬은 어려서부터 장난기도 많고 호기심도 많아 동네를 쫄랑쫄랑 돌아다니는 애였다. 땀을 뻘뻘 흘리고 돌아와 지쳐서 잠이 올 때 머리를 쓰다듬어 주는 걸 좋아했다. 엄마가 머리를 만져주지 않는 날이면 작은 몸을 꼬물꼬물 움직여 혼자서 자기 발바닥을 살살 문지르며 잠이 들었다. 하루가 멀다 하고 매일 싸웠지만, 발바닥을 만지던 그 모습이 얼마나 귀여웠던지.

찬과 놀 때면 나는 강아지 풀 하나를 꺾어 찬의 귓불이나 볼에 살살 문질렀다. 그럼 동생은 간지럽다고 도망가고 나는 또 따라다니며 간지럽혔는데, 우리의 추격전은 둘 중 한 명이 넘어져야 끝이 났다. 언제나 먼저 넘어지는 건 내 쪽이었는데, 찬은 매번 엄마 등 뒤로 쏙 숨어버렸기 때문.

찬은 아빠를 닮아 높은 코를 가졌지만, 아빠를 닮지 않아 짙은 눈썹을 가졌다. 엄마를 닮아 긴 속눈썹을 가졌지만, 엄마를 닮지 않아 도톰한 콧볼을 가졌다. 꼭 장난을 걸고 싶은 강아지풀 같은 애였다.

마지막으로 내 얼굴을 떠올려본다. 잘 떠오르지 않을 때면 사랑하는 이들의 얼굴을 먼저 떠올린다. 그럼 눈, 코, 입. 수채화 번지듯 자연스레 얼굴이 그려진다. 우리의 얼굴 속엔 서로가 있기에 나는 때로 스스로를 그렇게 기억해 낸다.

알고 있다. 우리는 언젠가 서로의 곁을 떠날 거란 걸. 같은 자동차를 타고 달리는 것도 앞으로는 쉽지 않을 거란 걸. 하지만 이 차 안에서 쌓아온 사랑의 기억으로 우리는 더 멋지게 길을 나설 수 있지 않을까.

우리 인생은 나그네 같아서,
떠나야 할 때 언제든 떠날 수 있어야 해

어렸을 때부터 이사를 많이 다닌 나는, 한 동네서 오래 자란 애들이 꼭 우리 땅에서 난 농산물처럼 어딘가 든든해 보이고 건강해 보였다. 뭐랄까, 동네에 단단하게 심어진 존재로 흔들리지 않은 뿌리를 가진 것만 같아 늘 부러웠다.

언젠가 또 한 번의 이사를 준비하고 있었다. 서울로 간단다. 대구 사투리부터 조금씩 고쳐보자며 텔레비전 속 아나운서를 따라하다가도 금세 포기하기를 반복했다.

이사. 낯선 곳으로 여행가는 것 같아 조금은 설레다가도, 막상 열어보면 너무나 외로운 걸 어려도 다 알았다. 외로움을 배운 적도 없는데, 자연스레 알게 돼버렸다. 전학을 가면 또 혼자 새로운 애가 될 거고, 거기 애들은 덩어리처럼 꽁꽁 뭉쳐 있을 거고. 잠깐 느끼는 설렘의 값이라고 하기엔 무거웠던 외로움의 무게를 어린 나이에도 알고 있었다. 그래서 가끔 늦은 밤 몰래 침실에서 빠져나와선 불 꺼진 거실 소파에 앉아 심란해하곤 했다. 한번은 그런 날을 눈치챈 엄마가 거실로 나와 이런 말을 건넸다.

"우리 인생은 나그네 같아서, 떠나야 할 땐 언제든 바로 떠날 수 있어야 해."

서로의 얼굴이 잘 보이지도 않던 밤, 창밖에 핀 달빛을 전등 삼아 눈빛을 맞추고는 울렁이는 내 눈가를 슥 닦아주던 엄마. 여전히 어렸던 난, 엄마 말이 무슨 의미인지도 모르고 그저 헤어짐이 싫어 입을 삐쭉이곤 했다.

그렇게 이사를 많이 다니던 나는 기차도, 지하철도, 버스도 다른 사람보다 많이 타며 자란 것 같다. 어딘가에 몸을 싣고 다시 집으로 돌아갈 때면 여행을 갔다가 돌아오는 기분이 들어 설레면서도, 허전한 건 시간이 아무리 흘러도 여전했다. 흔들리는 대중교통 속에선 내가 떠나는 중인지 아니면 돌아가는 중인지 종종 헷갈리기도 했다. 가끔 긴 고속버스 시간에 지칠 때면, 우리 인생은 나그네 같다던 엄마 말이 씨앗이 되어 정말 그런 삶을 살게 된 어른으로 자라버린 게 아닐까 싶기도 했다. 다른 사람보다 높고 빠르고 자유로운 걸 좋아하는 것도, 쉽게 가방을 싸고 푸는 것도, 여행을 좋아하는 것도. 나다운 것이라 여겼던 많은 것이

어쩌면 다 그 말에서 시작된 건 아닐까 하면서.

하지만 이렇게 말하면서도 정작 떠나지 못하는 날이 더 많았다. 전학을 갔던 고등학교에서 은따를 당했던 날이나, 하지도 않았던 일을 했다며 억울한 소문이 났던 날이나, 친구라고 생각했던 사람이 한순간 내 말을 이용해 자신을 대변했던 날. 오히려 툭툭 털고 떠나야 하는 일들임을 알면서도, 삶에 생채기가 났던 날들과 비슷한 순간을 만날 때면 다시 오래전 그날로 돌아가 서 있곤 했다. 알고 있는데, 떠나야 하는 걸 알고 있는데 자꾸만 어딘가에 묶여 머뭇거리고 망설였다. 그럴 때 어떤 기억은 나를 구하기 위해 다시금 오늘을 찾아왔다. 발걸음을 옮겨야 해, 떠나야 할 때 떠나야 해.

달빛 아래서 딸의 눈물을 슥 닦아주던 엄마는 먼저 알았던 걸까. 살면서 이사보다 힘든 일이 더 많다는 걸, 어쩌면 이사는 삶에서 가장 약한 슬픔이라는 걸. 엄마는 이미 오늘을 알고 있던 사람처럼 그 말을 내게 씨앗처럼 심어준 걸까. 살다가 떠나야 하는 순간이 올 때 언제든 꺼내 쓰라고. 이 말을 씨앗 삼아 떠나보라고.

일찍이 마음에 떠남의 씨앗이 심어진 사람은 살다가 머리가 무거운 날엔 어디로든 쉽게 떠나는 사람이 되었다. 멀리 갈 수 없을 땐 소지품만 후딱 챙겨 자전거를 끌고 무작정 나섰다. 베이스캠프를 잠시 두고 멀리, 더 멀리 페달을 밟으면, 나그네 같은 삶이 무엇인지 어렴풋이 몸으로 알 것도 같았다.

어릴 적 내 바람처럼 한 동네에 심어지진 못했지만, 엄마의 사랑에 단단히 심긴 사람이 되었다. 사랑하는 사람의 품을 베이스캠프로 두고 떠났다가 다시 돌아올 수도 있는 힘은 한 동네서 오래 살기만 한다고 가질 수 있는 무엇이 아니었다. 그건 때로는 길을 나섰다 넘어지기도 하고, 때로는 달빛 아래서 눈물을 훔치기도 하는 사람에게만 주어지는 반짝이는 선물이었다. 그러니 떠날 수 있을 때 떠날 수 있는 삶이란 얼마나 큰 축복이었는지, 어른이 된 나는 가끔 달빛 아래서 울고 있던 어린 나에게 가서 말해주고 싶었다.

"우리 인생은 나그네 같아서, 떠나야 할 땐 언제든 바로 떠날 수 있어야 해. 그러니 괜찮을 거야. 다 괜찮을 거야."

당신이 나누고 싶은 풍경은 무엇인가요?

청민이 사랑한 순간들

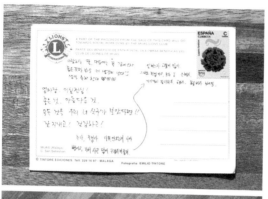

좋은 걸 보면 네 생각이 나

초판 1쇄   2022년 2월 10일
초판 2쇄   2022년 5월 25일

글   청민
사진   Peter

발행인   유철상
편집장   정은영
기획·편집   박다정
디자인   노세희, 주인지
마케팅   조종삼, 윤소담
콘텐츠   강한나

펴낸곳   상상출판
출판등록   2009년 9월 22일(제305-2010-02호)
주소   서울특별시 성동구 뚝섬로17가길 48, 성수에이원센터 1205호(성수동2가)
전화   02-963-9891(편집), 070-7727-6853(마케팅)
팩스   02-963-9892
전자우편   sangsang9892@gmail.com
홈페이지   www.esangsang.co.kr
블로그   blog.naver.com/sangsang_pub
인쇄   다라니
종이   ㈜월드페이퍼

ISBN 979-11-6782-060-0 (03810)
ⓒ2022 청민·Peter